Luiz Vilela

Frosch im Hals

Kurzgeschichten

Auswahl, Übersetzung aus dem brasilianischen
Portugiesisch und Nachwort von Ute Hermanns

Babel Verlag Hund & van Uffelen

Die Deutsche Bibliothek – CIP-Einheitsaufnahme

Vilela, Luiz:
Frosch im Hals: Kurzgeschichten / Luiz Vilela. Ausw.,
Übers. aus dem brasilianischen Portug. und Nachw. von Ute Hermanns
– 1. Aufl. – Berlin: Babel Verl. Hund & van Uffelen, 1996
ISBN 3-928551-21-3

Die Übersetzung aus dem brasilianischen Portugiesisch wurde mit Mitteln des Auswärtigen Amtes unterstützt durch die Gesellschaft zur Förderung der Literatur aus Afrika, Asien und Lateinamerika e.V. in Zusammenarbeit mit dem Institut für Auslandsbeziehungen, der Stiftung Biblioteca Nacional, Rio de Janeiro und der Senatsverwaltung für kulturelle Angelegenheiten in Berlin.

1. Auflage 1996

Lektorat: Eva Hund
Umschlaggestaltung: Blank & Reschke, Berlin
Satz: Pinkuin, Berlin
Druck: Nexus Druck, Frankfurt
Printed in Germany
ISBN 3-928551-21-3

Inhalt

Schöne Beine

Ich betrat das Hochhaus und erinnerte mich, wie ich es mit fünfzehn Jahren betreten hatte, als ich in der Hauptstadt zur Schule ging. Damals hätte ich mir nie vorstellen können, eines Tages einmal die Ruhe zu besitzen, die ich jetzt habe; ich hielt es für ausgeschlossen, daß es jemals soweit kommen würde. In mir herrschten nur Aufruhr und Verwirrung – und so war es gekommen, daß ich eines Nachmittags in diesem Gebäude landete.

Zehnter Stock, ich erinnerte mich noch genau. Ich las aufmerksam die Namen auf der Wandtafel im Hauseingang. Da stand: Dr. Saul Neves. Ich freute mich sehr. Die ganze Zeit über hatte ich gedacht, daß der Arzt vielleicht die Adresse gewechselt oder sogar die Stadt verlassen haben könnte. Nur auf der Reise hierher hatte ich mir diese Frage nicht mehr gestellt, um so mehr früher: Vor Jahren, als ich noch im Hinterland lebte, hatte ich mir diesen Besuch schon vorgenommen.

Die Adresse war durch einen Blick ins Telefonbuch leicht herauszufinden. Aber das hatte ich nicht gewollt, ich hatte einfach eines Tages ankommen und sehen wollen. Im Grunde war ich mir immer sicher gewesen, daß der Arzt noch dort wohnte. Er mußte dort sein, und ich mußte diesen Besuch einfach machen.

Also fand ich mich schließlich nach fünfzehn Jahren dort wieder. Jetzt, in der Warteschlange vor dem Aufzug, kam mir wieder die Erinnerung an alles. Die Gewißheit, ihn so bald zu sehen, belebte meine Erinnerung: Einzelheiten des Sprechzimmers, Gespräche, das Wetter an jenen Nachmittagen, alles kehrte in glasklaren Bildern wieder. Einen Augenblick lang fühlte ich mich so wie damals – und das bestärkte mich, wenn das überhaupt noch möglich war, in meinem Entschluß, diesen Besuch zu machen.

Das Sprechzimmer sah bestimmt anders aus. Auch der Arzt, der damals noch keine vierzig war, müßte, so stellte ich es mir vor, etwas dicker sein, weiße Haare und Falten haben. Aber die Augen – da war ich mir sicher – die Augen hätten sich bestimmt nicht verändert, es wären noch dieselben: klein, aufgeweckt, stets in Bewegung: *„Ja, sicher, du kannst ruhig reden, ich höre zu, Entschuldigung, nur noch einen kleinen Moment, mach' nur weiter, bitte, wunderbar, wärst du so nett und würdest eine Minute warten?"* Ich mußte im Aufzug plötzlich lachen, als ich mich daran erinnerte.

Vor der Tür machte ich halt: Das Schild aus Metall war noch dasselbe, aber ich sah gleich, daß der Warteraum vergrößert worden war: Das Zimmer, damals noch ein Abstellraum für das Labor, war einbezogen worden. Der Raum war, wie ich beim Eintreten feststellte, renoviert und völlig neu möbliert. Seltsamerweise und irgendwie bezeichnend hingen die Glasbildchen mit fremden Landschaften immer noch dort, sicher alte Kalenderblätter: Ich erinnerte mich noch gut an jedes einzelne. Neu war das Ölgemälde von zweifelhafter künstlerischer Qualität: eine *Jangada*, die gerade auf das Meer hinausfuhr. Einige Patienten warteten, unter ihnen ein sehr zerbrechlich und verschreckt aussehender Junge, so ähnlich wie ich wohl einer gewesen war, und ich überlegte, ob er auch dieselbe Behandlung bekam, die mir zuteil geworden war.

„Sie wünschen bitte?", fragte mich die Sekretärin von ihrem Tischchen in einer Zimmerecke aus.

Es war nicht die von damals, sie war jung und hübsch. Die Sekretärin eines Psychiaters zu sein, erfüllte sie offensichtlich mit Stolz.

„Doktor Saul …", sagte ich.

„Da sind Sie richtig."

„Ist er da?"

„Er ist gerade mit einem Patienten beschäftigt. Möchten Sie einen Termin?"

„Nein, ich würde nur gern ein wenig mit ihm plaudern, wenn das möglich ist."

„Wenn Sie einen Moment warten wollen …"

„Sicher."

„Ihren Namen, bitte."

„Vicente, Vicente Lima."

Sie notierte meinen Namen auf einem kleinen Notizblock.

„Und der Grund für Ihren Besuch, Herr Lima?"

„Der Grund? Nun, sagen wir, ein Höflichkeitbesuch ... Ich wollte ihn wiedersehen, ich war einmal Patient von Doktor Saul."

„Wirklich", sagte sie mit gespielter Verwunderung. „Aber nicht zu meiner Zeit", fügte sie charmant hinzu.

„Nein, damals waren Sie leider noch nicht hier ..."

Sie lächelte.

„Die von damals hieß Divina, sie machte ihrem Namen jedoch keine Ehre."

„Wie bitte?"

„Kannten Sie Divina?"

„Nein, kannte ich nicht ..."

„Sie war schon älter und nicht so hübsch wie Sie."

„Hm, das ist schon Ihr zweites Kompliment."

„Sie verdienen noch viel mehr", erwiderte ich.

Sie verdrehte die Augen und antwortete nicht. Dann erinnerte sie sich wieder an die Patienten im Wartezimmer, von denen uns schon einige beobachteten, und sie setzte wieder die geschäftige Miene der Sekretärin auf:

„Wollen Sie warten, mein Herr?"

„Ja, ich warte."

„Dann nehmen Sie bitte dort Platz."

Es gab zwei freie Plätze, spontan setzte ich mich auf den strategisch günstigeren: Ich war sicher, daß diese Komplimente irgend etwas auslösen würden. Und ich behielt recht. Einige Minuten später, als ich zufällig von der Zeitschrift, in der ich blätterte, aufblickte, bot sich meinen Augen ein schönes Panorama ihrer Schenkel dar. Ich schloß daraus, daß ich bald mehr zu sehen bekäme, doch ich hatte Pech, oder auch Glück, denn eigentlich hatte ich nur auf diesen Augenblick gewartet: Die Tür des Sprechzimmers öffnete sich, und ich hörte seine Stimme, diese unverwechselbare

Stimme, die ich zum letzten Mal vor fünfzehn Jahren vernommen hatte. Gleich darauf hörte ich die Stimme einer Frau, die sich verabschiedete und dann in der Tür erschien, der Arzt aber kam nicht. Die Tür blieb offen. Die Sekretärin entflocht ihre Beine, was meinem Blick nicht entging, stand auf und ging in das Sprechzimmer. Kurz darauf kam sie zurück und schenkte mir ein einzigartiges Lächeln:

„Sie können hineingehen.“

Ich stand auf und merkte im Vorbeigehen, wie die Sekretärin dem nächsten Patienten mitteilte, daß es bei mir kein Behandlungstermin, sondern nur ein kurzes Gespräch werde.

Der Arzt saß hinter seinem Schreibtisch und wartete. Als er mich eintreten sah, stand er mit einem freundlichen Lächeln in dem eine Spur Befremden lag, auf, und streckte mir die Hand entgegen:

„Wie geht's, gut?“

„Erkennen Sie mich wieder?“, fragte ich.

„Ich glaube ja“, sagte er, „aber ...“

„Nein, Sie können mich gar nicht wiedererkennen, ich habe mich sehr verändert, äußerlich wie innerlich.“

Er wußte nicht, was er darauf sagen sollte. Es war offensichtlich, daß er mich nicht erkannte.

„Erinnern Sie sich an einen fünfzehnjährigen Jungen, der einmal hierher kam?“, fragte ich. „Ein völlig orientierungsloser Junge ...“

Er schaute mich aufmerksam an und versuchte, in meinen Gesichtszügen den Jungen von damals wiederzuentdecken.

„Vicente Lima ...“, sagte er und schien sich zu erinnern: „Waren Sie nicht zusammen mit einem anderen da? Mit einem kleinen Blonden mit Bürstenhaarschnitt ... Benjamin oder so?“

„Genau“, antwortete ich, zufrieden, weil er sich erinnerte und ihm gleichzeitig mein Freund eingefallen war.

„Richtig, Sie erinnern sich.“

„Setzen wir uns ...“, sagte er sehr freundlich.

„Ich will nicht lange bleiben“, sagte ich, „ich will Sie nicht aufhalten, *time is money*, nicht wahr?“

„Ja, aber bei Freunden, früheren Patienten ...“

Ich nahm Platz und steckte mir eine Zigarette an.

„Aber Sie haben sich wirklich verändert“, sagte der Arzt, der sich nicht so sehr verändert hatte, wie ich es mir vorgestellt hatte. „Wenn Sie mir nicht geholfen hätten, hätte ich Sie kaum wiedererkannt. Sie waren schmächtig, jetzt sind Sie ein kräftiger, sympathischer junger Mann ...“

„Ja, ich bin wirklich kräftig geworden, trotz Ihrer Behandlung ...“

Er lachte.

„Einige sind eben sehr resistent“, erwiderte er scherzend, „man gibt sich zwar alle Mühe, aber es gibt immer welche, die besonders resistent sind ...“

Wir lachten wieder.

„Aber was verschafft mir die Ehre?“, fragte er dann freundlich, und sicher auch, weil er mich loswerden wollte, um seine wartenden Patienten behandeln zu können.

„Nichts Besonderes“, sagte ich, „es ist nur ein Höflichkeitsbesuch, wie ich Ihrer Sekretärin schon sagte. Übrigens, nebenbei bemerkt, sie ist sehr hübsch, hübscher als die zu meiner Zeit. Ich könnte mir fast vorstellen, mich wieder von Ihnen behandeln zu lassen ...“

Er lachte wieder.

„Silvinha ist sehr tüchtig“, sagte er.

„Scheint so“, erwiderte ich.

„Sie ist eine hervorragende Sekretärin.“

„Gut, das kann so sein, ich würde ihr dieses Adjektiv für etwas anderes geben.“

Er lachte wieder.

„Sie haben in Ihrer Praxis viel verändert“, sagte ich.

„Ja“, stimmte er beiläufig zu wie ein Geschäftsmann, der weiß, was er hat, „ich habe einige Dinge geändert ...“

„Aber die Bilder sind noch dieselben.“

„Welche Bilder?“

„Die Landschaften, dort im Wartezimmer.“

„Ach, aber es ist ein Ölgemälde dazugekommen," beeilte er sich zu sagen, „ich weiß nicht, ob Sie es gesehen haben."

„Doch, ich habe es gesehen."

„Es stammt von einem Maler, einem Freund von mir, er hat es mir geschenkt. Ich mag es sehr gerne. Gefällt es Ihnen?"

„Nein."

„Nein?" Er war überrascht. „Dann sind Sie aber der erste, dem es nicht gefällt."

„Das kommt vor."

„Ja, sicher ..."

Ein beklemmendes Schweigen stellte sich ein.

„Gut", sagte er, „aber das ist unwichtig, wir sind ja wohl nicht hier, um über Malerei zu reden, oder?"

„Doch", sagte ich.

Seine Augen, die Augen, die ich so gut kannte, wanderten unruhig hin und her, er war nervös geworden und wartete, daß ich endlich sagte, weshalb ich eigentlich gekommen war.

Aber ich hatte es nicht eilig, nein, ganz und gar nicht. Ich drückte also ganz langsam die Zigarette im Aschenbecher aus. Dann sagte ich:

„Wissen Sie, Doktor, Ich habe Ihre Behandlung nie vergessen, jene Nachmittage ..."

„Das ist zuviel des Guten", sagte er mit falscher Bescheidenheit.

„Des ‚Guten' ist vielleicht nicht der richtige Ausdruck", sagte ich.

Er zuckte zusammen und schwieg mißtrauisch.

„Aber es stimmt wirklich", fuhr ich fort,"ich habe Sie nie vergessen, und während dieser fünfzehn Jahre habe ich oft daran gedacht."

„Fünfzehn Jahre?" wunderte er sich, „ist das schon so lange her?"

„Ja, fünfzehn Jahre", sagte ich.

Er schüttelte ungläubig den Kopf. Ich wußte nicht, wie ich weitermachen sollte und holte noch eine Zigarette aus der Hemdtasche, zündete sie an und nahm einen ersten Zug. Dann erst redete ich weiter:

„Einen Augenblick liebte ich über alles“, sagte ich und schaute ihn an, als wisse er, welcher das gewesen sei. Natürlich wußte er es nicht. „Es war immer am Ende.“

„Am Ende?“, fragte er stirnrunzelnd.

„Das Glas Wasser mit Zucker.“

„Ach“, lächelte er steif.

„Mir scheint, als hätte ich den Geschmack noch immer im Mund.“

Seine Augen waren starr auf mich gerichtet, er versuchte fieberhaft dahinterzukommen, was ich meinte und weshalb ich gekommen war.

„Es ist so, wie ich schon sagte“, erklärte ich und blies langsam den Rauch in die Luft: „Ich erinnere mich an alles. Das dunkle Zimmer, das Tonbandgerät: ‚*Und jetzt stell dir ein grünes blühendes Tal am Ufer eines glitzernden Rinnsals vor, es ist eine Landschaft voller Frieden und Harmonie …*‘“

„Sie haben ein gutes Gedächtnis“, sagte er mit einer gewissen Kälte.

„Habe ich, habe ich schon immer gehabt. Ich erinnere mich an alles, sogar an die kleinen Dinge, die jeder andere vergißt. Wenn Sie es wünschten, wäre ich imstande, hier den ganzen Text von Ihrer Tonbandaufnahme aufzusagen. Natürlich werde ich das nicht tun, ich habe keinen Grund dazu, und Ihre Zeit will ich Ihnen auch nicht stehlen.“

Er sagte nichts.

„Aber es war dieser Abschnitt“, redete ich weiter, „es war dieser Abschnitt, den ich am meisten liebte, ‚*Das grüne blühende Tal*‘. Obwohl ich ‚*glitzerndes Rinnsal*‘ nicht mochte, dieses Wort ‚*glitzernd*‘. Ich würde ‚*sanft*‘ oder ‚*kristallen*‘ oder sogar ‚*klar*‘ verwenden. Das Schlimme war, daß einmal die Platte genau bei diesem Wort einen Sprung hatte, und immer wiederholte: ‚*glitzerndes glitzerndes glitzerndes Rinnsal …*‘“

Ich beugte mich ein wenig vor und klopfte die Asche der Zigarette im Aschenbecher ab. Der Arzt schwieg, sein Gesichtsausdruck war alles andere als liebenswürdig.

„Jetzt“, fuhr ich fort, „will ich Ihnen etwas gestehen, was Sie bestimmt seltsam finden werden: Wissen Sie, daß ich in diesen Sitzungen nie eingeschlafen bin? Nie, nicht ein einziges Mal. Das Schlimmste dabei war: Da ich nicht schlafen konnte und nichts zu tun hatte, versuchte ich aufzuschnappen, was die Patienten hier im Sprechzimmer sagten ... Ich sehe ein, daß das nicht sehr fein war, aber ... na ja, es ist schon so lange her, ich glaube nicht, daß es irgend jemandem geschadet hat ...“

„Vielleicht hat es Ihrer Behandlung geschadet?“, fragte er.

„Nein, das glaube ich nicht, Sie sehen doch, daß es nicht so ist, oder? ...“

In diesem Moment hatte ich den Eindruck, daß er vor lauter Wut am liebsten über den Tisch springen und mich packen und würgen würde. Aber ich fuhr ganz gelassen fort:

„Ich erinnere mich, daß Sie immer drei Patienten gleichzeitig behandelten: einer bekam Insulin und wartete im Wartezimmer darauf, müde zu werden, einer saß hier im Sprechzimmer zum Gespräch, und noch einer im abgedunkelten Zimmer und hörte ‚*Das grüne blühende Tal*‘. Machen Sie das immer noch so?“

„Ich glaube nicht, daß Sie das etwas angeht, Herr Lima.“

Ich hatte nicht mit einer Antwort gerechnet. Aber ich ließ mich nicht beirren:

„Wirklich“, sagte ich, „Sie haben recht, das geht mich gar nichts an. Es war nur Neugier. Entschuldigen Sie, wenn ...“

Er sagte nichts und rührte sich auch nicht. Ich drückte die Zigarette im Aschenbecher aus, erstickte sorgfältig die Glut und entfernte mit dem Finger ein wenig Asche, die auf den Tisch gefallen war.

„Erhalten Sie öfter Besuch von ehemaligen Patienten?“, fragte ich betont herzlich.

„Manchmal“, antwortete er und sein Gesicht hellte sich ein wenig auf.

„Ich frage, weil ... Ich weiß nicht, wenn ich Arzt, besonders wenn ich Psychiater wäre, wäre ich sehr neugierig zu erfahren, was mit den Patienten geschieht, wenn sie die Praxis verlassen haben, wie ihr Leben weiterging, was sie daraus gemacht haben, was sich Neues ergeben hat ..."

„Wir nehmen Anteil, Herr Lima, der Patient interessiert uns nicht nur, während er vor uns im Sprechzimmer sitzt, wir interessieren uns für den Menschen und wollen deshalb natürlich wissen, wie sein Leben danach verläuft. Wir nehmen Anteil mit Interesse."

„Genau das dachte ich mir", erwiderte ich, machte eine Pause und sah ihm in die Augen: „Sie erinnern sich so gut an Benjamin ..."

„Benjamin?"

„Meinen Freund, den Blonden mit dem Stoppelhaarschnitt ..."

„Ach ja."

„Sie haben ihm eimal *Die Kraft des positiven Denkens* geliehen von Norman Vincent Peale, ich weiß nicht, ob sie sich daran erinnern."

Sein Gesichtsausdruck war verwirrt.

„Ich erinnere mich sogar an Ihren Namen, Ihre Unterschrift befand sich direkt unter dem Titel."

Er wiegte den Kopf, und ich bemerkte, wie er verstohlen auf seine Armbanduhr sah.

„Ich weiß, daß Benjamin das Buch sehr gerne hatte", erzählte ich weiter. „Er redete nur noch darüber. Er war vom positiven Denken total besessen. Dann, eines Tages in der Schule, auf dem Schulhof, rief er mich zu einer Stelle, wo es eine kleine Böschung gab, und sagte: ‚Vicente, ich werde dich nur durch die Kraft meines Denkens halten, willst du es sehen?' Er streckte den Arm aus, hielt ihn über den Abgrund, mit fest geballter Faust. Er konzentrierte sich und sagte: ‚Du kannst dich daranhängen.' Ich war beeindruckt, tief beeindruckt von seiner Gewißheit und hängte mich an seinem Arm."

Der Arzt schaute mich an.

„Wissen Sie, was dann passierte?"

Er schwieg.

„Wir fielen beide den Abhang hinunter". lachte ich. Der Arzt lächelte nicht einmal. „Und zwar, weil die Böschung klein und nicht steil war und unten weiches Gras wuchs, sonst hätten wir uns ernsthaft verletzen können, wir hatten Glück. Am selben Tag sagte ich zu Benjamin: ‚Hör mal, Benja, diese Sache mit dem positiven Denken wird dich noch verrückt machen, eh, paß bloß auf ...‘ Jeden Tag kam er mit etwas Neuem an, das er hier in der Praxis oder aus den Büchern gelernt hatte. Ich dachte nur eines: Er wird immer verrückter.“

„Benjamin war ein Jugendlicher mit tausend Problemen“, sagte der Arzt feindselig.

„Das stimmt, kein Zweifel, genauso wie ich, wie ungefähr jeder Jugendliche in diesem Alter. Aber ich glaube nicht, daß er krank war, zumindest nicht bis zu dem Tag, als er in diese Praxis kam.“

„Ist das eine Anschuldigung, Herr Lima?“, fragte er mich, sein Gesichtsausdruck war jetzt grauenerregend.

„Nennen Sie es, wie Sie wollen“, sagte ich und ließ mich nicht verunsichern. „Wir waren nicht krank, Herr Doktor, auch nicht psychotisch. Wir hatten wirklich tausend Probleme, wie Sie sagen. Aber diese Probleme lassen sich weder mit Insulinspritzen noch mit knappen Worten und stereotypisierten Tiraden aus psychiatrischen Handbüchern oder mit einem dunklen Zimmer und Tonbandaufnahmen heilen. Sie lassen sich mit ein wenig mehr Aufmerksamkeit, ein wenig mehr Anteilnahme, vielleicht mit Zärtlichkeit heilen.“

Das Gesicht des Arztes war verkrampft und gerötet.

„Damals konnte ich das alles nicht verstehen“, fuhr ich fort, „aber ich fing an zu begreifen, als ich sah, was mit Benjamin passierte. Mir wurde klar, daß es zwar einen Weg zur Heilung gab, es aber auf keinen Fall dieser war. Ihre Behandlung Benjamins, aber auch meine, konnte nur an einen Abgrund führen. Ich sprang ab, das war meine Rettung. Erinnern Sie sich vielleicht noch, daß ich die Behandlung abgebrochen habe und nie wieder herkam?“

„Ich erinnere mich, ich erinnere mich sehr wohl, und ich erinnere mich auch, daß ich öfter den Termin nicht für neue Patienten freigab in der Hoffnung, daß Sie wieder auftauchten würden.“

„Wollen Sie damit sagen, daß Sie durch mich Einbußen hatten?“

„Das interessiert mich nicht, Herr Lima, aber Ihr Mangel an Verläßlichkeit, daß Sie mir nicht mitteilten, von der Behandlung abzusehen."

‚Verläßlichkeit' – der Arzt hatte wirklich eine Schwäche für bestimmte Worte.

„Ja", sagte ich, „das hätte ich wirklich tun sollen, es war mein Fehler, ich bitte Sie mit fünfzehnjähriger Verspätung um Verzeihung, für meinen Mangel an Verläßlichkeit."

Der Arzt blickte wieder auf die Uhr, diesmal ostentativ. Ich stand auf:

„Kein Problem, ich gehe schon, ich will Ihnen nicht schon wieder Einbußen verursachen."

„Haben Sie ohnehin schon, Herr Lima", sagte er und stand auch auf.

„Tatsächlich? Was macht das? Sagen Sie es ruhig, ich zahle."

„Es würde mir schon reichen, wenn Sie mich meine Patienten weiter behandeln ließen."

„Ja, sicher, mit Vergnügen, ich bin schon weg. Aber es gibt noch etwas, das ich loswerden möchte, bevor ich gehe: Sie sagten, daß Sie sich auch für die Patienten interessieren, wenn sie Ihre Praxis verlassen haben. Vielleicht möchten Sie wissen, was mit Benjamin geschehen ist?"

„Wenn mich das nicht mehr viel Zeit kostet", sagte er trocken.

„Nein, das geht schnell", erwiderte ich, nahm eine Zigarette aus dem Päckchen und zündete sie an. „Wie ich vorausgesehen hatte, wurde Benjamin immer seltsamer."

„Als er die Behandlung abschloß, ging es ihm gut", konterte der Arzt. „Ich erinnere mich sogar, daß er sich am letzten Tag ausdrücklich bei mir bedankte."

„Ich zweifle nicht daran, daß Benjamin sich bedankt hat", erklärte ich, „aber ich glaube nicht, daß er gesund war, wie Sie sagten und wie Sie meinten. Im Gegenteil, sonst hätte er keinen anderen Psychiater aufgesucht, was er wenig später tat. Das wußten Sie vielleicht nicht."

Er schwieg.

„Das Problem verschlimmerte sich allerdings. Diesem einen folgten noch weitere Psychiater, und Benjamin ging es immer schlechter, er wurde immer schwieriger. Schließlich war er wirklich psychotisch. Er bekam sogar Elektroschocks, was ihn in meinen Augen definitiv zu einem klinischen und unheilbaren Fall machte. Zum Schluß war ihm alles zuviel, oder er war völlig verzweifelt."

„Was ist passiert?", fragte mich der Arzt.

„Er hat sich die Kugel gegeben."

„Benjamin?", stieß er laut hervor, „Das hat er getan? Wann?"

„Ist schon eine Weile her, er war erst einundzwanzig Jahre alt."

„Das wußte ich nicht."

Der Arzt sah mich erschrocken an.

„Das überrascht mich jetzt ... Benjamin hatte wirklich schwere Probleme, aber ich hätte niemals gedacht, daß ... niemals wäre es mir in den Sinn gekommen, daß ..."

Er blickte nachdenklich zu Boden.

„Am letzten Tag, als er hier war, war er ganz fröhlich und gesund, machte sogar Witze, und ich dachte wirklich, daß er ..." Er schüttelte fassungslos den Kopf, ohne noch etwas Abschließendes zu sagen: Jedes weitere Wort wäre ohnehin überflüssig gewesen.

Ich sah ihn einen Moment lang an und wollte noch etwas Nettes anschließen, aber es gab nichts mehr zu sagen.

Ich reichte ihm die Hand:

„Auf Wiedersehen, Herr Doktor."

„Auf Wiedersehen", sagte er.

Er machte mir die Tür auf, und ich trat hinaus. Die Sekretärin war mit einem neuen Patienten beschäftigt. Ich lächelte ihr zum Abschied zu und warf noch einen letzten Blick auf ihre Beine: Sie waren wirklich wunderbar geformt. Zu schade, daß ich sie vielleicht nie wiedersehen würde.

Mit dem Ball abhauen

War er das wirklich? Mein Gott, wie alt er geworden war! Graue Haare, dünn, überall Falten ... Aber er war sich sicher, er war es tatsächlich. Also betrat er die Kneipe und steuerte einen Tisch im hinteren Teil des Raumes an, wo der andere saß, der einzige Gast um diese Zeit am Nachmittag. Er blieb vor ihm stehen:

„Canhoto ..."

Der andere musterte ihn, und als er ihn wiedererkannte, verzerrte urplötzlich intensiver Haß sein Gesicht – der alte Haß von damals hatte all die Jahre überdauert und brach jetzt auf seinem Gesicht aus.

Er hatte zwar eine feindselige Reaktion erwartet, die auch normal gewesen wäre, aber keine derart heftige. Er fühlte sich verunsichert und wußte nicht, wie er weiter vorgehen sollte. Aber seine Entschlossenheit, die ihn an diesen Ort geführt hatte, und dieses Erlebnis bewirkten, daß er sich wieder in die Gewalt bekam und dann sagte:

„Wie geht's?"

Der andere antwortete mit kurzem Nicken.

„Darf ich mich setzen?"

Eine vage Handbewegung deutete auf den Stuhl. Er setzte sich.

„Ich werde nicht lange bleiben, was ich mit dir zu bereden habe, dauert nicht lange, ich möchte nur einiges mit dir klären."

Der andere kippte mit steinerner Miene noch einen Schluck Schnaps hinunter, ohne sein Gegenüber anzusehen.

„Ich habe einige Leute gefragt und herausbekommen, daß du in dieser Stadt wohnst. Dann habe ich mich zu dieser Reise aufgemacht. Ich bin nur hier, weil ich dich treffen wollte."

Der andere sah ihn befremdet und feindselig an.

„Ich habe Durst und werde ein Bier bestellen … Trinkst du eins mit?“

Als Antwort zeigte der andere auf sein Schnapsglas. Er wandte sich an den Kellner und bestellte eine Flasche Bier und ein Glas.

„Was machst du hier?“, fragte er in dem Versuch, ein Gespräch anzufangen.

„Dies und das.“

„Ich weiß … Ich habe ein Textilwarengeschäft dort in Belo Horizonte. Nichts Besonderes, aber es reicht zum Leben. Die Familie wird davon satt, meine Frau und die drei Kinder. Manchmal drückt es hier oder da, wir nehmen es, wie es kommt …“

Der andere erwiderte nichts.

„Immer wieder dachte ich: ‚Mensch, was der Canhoto wohl macht?‘ Ich habe immer wieder versucht, etwas über dich in Erfahrung zu bringen, aber niemand wußte Genaueres. Damals, als es passierte, habe ich alles verfolgt: Die Operation, die Behandlung, dann die Komplikationen, die es gab, das Gerede von einer weiteren Operation, die finanziellen Schwierigkeiten des Clubs und deine eigenen, ich habe alles mitverfolgt. Am Tag, als ich erfuhr, daß du nie wieder würdest spielen können, war ich sehr traurig, wirklich sehr traurig. Ich wünschte, daß das alles nicht wahr wäre und daß es noch eine Möglichkeit gäbe, irgend etwas zu … Ich habe die Daumen gedrückt …“

Er schaute den anderen an, der immer noch schwieg und dessen Blick das Glas in seiner Hand fixierte: Er hielt es fest umklammert, als wolle er es jeden Augenblick zerdrücken.

„Verzeih, Canhoto, verzeih’ mir bitte, daß ich hier bin und dir diese Dinge erzähle; ich weiß, daß es für dich unangenehm ist, ich weiß. Ich glaube sogar, dir wäre es viel lieber, wenn ich nicht hier wäre. Aber ich verspreche dir, nicht wiederzukommen, das kann ich dir wirklich versprechen. Nur dieses eine Mal mußte ich kommen und mit dir reden. Seit sechs Jahren sitzt mir das im Nakken …“

Er füllte Bier ins Glas nach.

„Möchtest du wirklich nichts …?“

„Nein."

„Weißt du, ich sehe es ein: Ich war feige; ich hätte dich noch in jenen Tagen sofort besuchen und mit dir reden sollen, um dir zu erklären, wie es passiert ist. Es hätte nicht viel genützt, aber ... Wer weiß, aber wenigstens ... Ich hab's nicht absichtlich getan, Canhoto, wirklich nicht; ich schwöre es. Es war so ... Du erinnerst dich, wir mußten dieses Spiel gewinnen, wir mußten es unbedingt gewinnen, es war entscheidend für unsere Qualifikation. Es fehlten nur noch drei Minuten bis zum Ende des Spiels, die Menge tobte schon. Ich sah dich mit dem Ball zum Gegenangriff abziehen, und unsere Verteidigung war völlig lahmgelegt, als ich durchdrehte: Ich sah, daß es kein Abseits war. Ich hatte nur eine Möglichkeit: dich zu stoppen, es gab keine andere Wahl. Dann zog ich davon, ich kam richtig. Aber ich habe es nicht absichtlich getan ... Ich bin nicht gewalttätig, das war ich nie. Du weißt, ich war der Mannschaftskapitän, ich hatte mich wirklich im Griff. Aber in diesem Augenblick ..."

Der andere führte das Glas zum Mund und kippte den Rest Schnaps auf einmal hinunter.

„Wir haben das Spiel gewonnen, ja, wir haben gewonnen ... Dann kam die beste Zeit der Mannschaft, wir gewannen die Meisterschaft. Es war auch meine beste Phase, nie habe ich so gut gespielt. Sie fragten mich, ob ich in der Nationalmannschaft spielen wolle. Kannst du dir das vorstellen? Ich – in der Nationalmannschaft ... Es wäre die größte Freude meines Lebens gewesen, mein größter Traum. Es ist ja der größte Traum eines jeden Spielers, deiner doch auch ... Andererseits hättest du es eher geschafft als ich: Du hattest viel mehr Fußball im Blut, du hast besser gedribbelt und hattest einen Bombenschuß, das muß ich dir mal sagen ... eine Granate. Ich erzähle das jetzt nicht, um dir zu schmeicheln; ich fand das damals schon, und viele andere Leute meinten das auch, du weißt das; von den Mannschaften aus dem Landesinneren warst du der größte Star, da waren sich alle einig. ‚Tiago, paß auf mit diesem Jungen', ermahnte mich Maia, der mir an jenem Tag vor dem Spiel in der Kabine sagte: ‚Nimm dich in acht vor diesem

Jungen, er ist eine Kanone; laß ihn keine Sekunde aus den Augen.' Unser Duell mitten auf dem Feld brachte die Entscheidung ..."

Er erinnerte sich und blickte verloren auf den Tisch. Er erinnerte sich auch an andere Spiele, an die Gefühle, wenn ein Tor geschossen worden war, an den Chor der Fans ... All das war vorbei – wozu sich noch erinnern? ...

Diffuse Geräusche drangen von der ansonsten ruhigen Straße dieser kleinen Stadt herein und zeigten das Ende des Nachmittags an.

„Aber was ich dir noch erzählen wollte", fuhr er fort, „ist, daß ... daß ich das nie vergessen konnte. Es ging mir einfach nicht mehr aus dem Kopf. Je besser es mir ging, je mehr die Zeitungen über mich berichteten, desto mehr mußte ich daran denken. Es war zum Verrücktwerden. Es schien, als passierte alles nur wegen dieses einen Tages. Das soll heißen: Ohne diesen Tag hätte das alles nicht stattgefunden. Eine verrückte Sache. An Spieltagen mußte ich nur auf das Feld laufen, und schon kam alles wieder hoch in mir. Einmal habe ich dich sogar dort gesehen. Jetzt siehst du, wie mir zumute war; ich war drauf und dran durchzudrehen. Dann begann meine schlechte Phase. Alles ging schief: Ich machte Fehlpässe, verlor die Bälle, schoß ins Aus, alles ging daneben. ‚Was ist los mit dir?', fragten sie mich. Woher sollte ich das wissen? ‚Was hast du?' Wer wußte schon, was ich hatte, das einzige, was ich wußte, war, daß alles schiefging, mehr nicht. Ich war sogar bei einer *Macumba*. Und was hat es gebracht? Null. Dann kam die Stunde, als mein Vertrag verlängert werden sollte. Aber warum hätten sie ihn verlängern sollen? ... Ich gab ihnen recht: Warum hätten sie ihn verlängern sollen, bei dieser Pechsträhne? ... Dann ging ich ins Hinterland, zu *O Esporte* für ein kleines Scheißgehalt, ich ging nur da hin, um nicht aus der Übung zu kommen. Das Pech klebte an mir, alles blieb beim Alten, dasselbe Pech, verflixt: So was war mir noch nie passiert. Eines Nachmittags nach einer Niederlage, in der ich zwei Torchancen vermasselt hatte, schaute ich auf den Rasen, schaute lange auf den Rasen und sagte dann: ‚Tschüß, Bruder'. Ich kehrte ihm den Rücken und habe nie wieder den Fuß auf ein Spielfeld gesetzt."

Er gab den Rest aus der Bierflasche ins Glas.

„Als meine ruhmreiche Karriere beendet war, habe ich versucht, mein kleines Leben hier draußen zu regeln. Ich kaufte den Laden, verlor durch einige Dummheiten Geld, aber dann hat sich alles geregelt. Alles, bis auf eine Sache ... Die war nicht zu regeln. Ich dachte, ich würde sie vergessen, so weit weg vom Spielfeld würde sie sich nach und nach erledigen. Welch ... Sie erledigte sich überhaupt nicht. Ich kam zu dem Schluß, daß sie sich niemals erledigen würde und in meinem Gedächtnis eine Narbe bleiben würde. Eines Abends kurz vor dem Schlafengehen, sprach ich mit meiner Frau, ich erzählte ihr die ganze Geschichte. Bis dahin hatte ich sie noch nie jemandem erzählt. Sie hörte zu, hörte aufmerksam zu und sagte dann: ‚Warum gehst du nicht los und suchst ihn? Warum gehst du nicht hin und erzählst ihm, was du mir gerade erzählt hast? ...' Sie hatte Recht, das war's, was ich tun mußte. Ich hatte auch schon daran gedacht, aber dachte immer gleich: Wie soll ich ihm gegenübertreten? Wie kann ich ihm in die Augen schauen und alles sagen? ... Spontan beschloß ich in diesen Tagen: Ich gehe, ich gehe einfach hin. Ich habe herausgekriegt, wo du wohnst, den Bus genommen, und jetzt bin ich hier: in dieser mir wildfremden Stadt; jetzt bin ich hier und erzähle dir all das ..."

Er griff zum Glas und nahm einen ordentlichen Schluck Bier. Es gab ein langes Schweigen.

„Und du? Hast du nichts zu sagen? Ich wünschte, du würdest etwas sagen, irgend etwas, selbst wenn du mich zur Hölle schickst. Hauptsache, du sagst was."

„Was soll ich schon sagen?", erwiderte der andere schließlich mit keuchender Stimme. „Du hast mein Leben ruiniert, siehst du das nicht? Du hast nicht nur mein Bein gebrochen, sondern mein Leben. Ich wäre ein großer Spieler geworden, ich wäre einer der größten Spieler Brasiliens geworden. Aber du hast alles zerstört an jenem Nachmittag."

„Ich habe doch versucht, dir zu erklären ..."

„Es war ein Alptraum, jeder Tag und jede Nacht eine Hölle; nur daran zu denken, daß ich nie wieder würde spielen können, war für mich schlimmer als der Tod. Ich wollte sterben. Ich fing an zu trinken, soff wie ein Verrückter, um nicht mehr daran zu denken, habe mir damit die Gesundheit ruiniert. Ich hatte eine Menge Probleme, war auf die Hilfe meiner Eltern und Geschwister angewiesen, habe ihr Geld aufgebraucht, ein Unglück folgte dem anderen. Heute bin ich das, was du siehst, ein Krüppel, ein Gespenst, ein erbärmlicher Überrest von einem Menschen. Reden: Was soll ich denn deiner Meinung nach sagen? Hm? Was willst du, daß ich sage?"

Schwer atmend hielt er inne.

„Entschuldige, Canhoto, ich wußte wirklich nicht, daß so viel passiert ist; ich schwöre, daß ich es nicht wußte. Das eine oder andere konnte ich mir ausmalen, aber ... Es tut mir wirklich leid. Ich habe versucht, es dir zu erklären; ich habe dir erzählt, wie es war. Du kannst dir wirklich sicher sein: Ich habe es all diese Jahre sehr bereut. Aber es war, wie ich es dir erzählt habe: ein Augenblick von Wahnsinn, etwas, was ich normalerweise nicht tun würde, etwas, was mit mir passiert ist, aber das auch jedem anderen hätte passieren können, auch dir. Das war es, was ich dir begreiflich machen wollte. Ich habe mir gewünscht, daß du verstehst, daß auch ich in gewisser Weise ein Opfer war, daß wir beide in jener Stunde Opfer dieses selben Etwas waren, von etwas, das größer war als wir, wer weiß: Vielleicht war es der Beifall, vielleicht diese Uhr, vielleicht der verrückte Wind, der einem plötzlich zu Kopf steigt ... Das war es, von dem ich wollte, daß du es verstehst. Deshalb bin ich diese tausend Kilomenter hierher gereist. Ich wünschte, du würdest es verstehen und mir vergeben."

„Das kann man nicht vergeben."

Der andere stand auf und ging ohne sich zu verabschieden zum Tresen. Ein Bein zog er immer nach. Er zahlte und verließ die Kneipe.

Er blieb allein am Tisch zurück, allein mit dieser Vergangenheit, für die er keine Vergebung erhalten hatte. Was sollte er noch tun? Er hatte getan, was er konnte. Er konnte nichts weiter tun. Aber, überlegte er, es stimmte. Ja, so war es. War er nicht auch ein Opfer?

Also sollte er sein Leben lang diese Reue hinter sich herziehen, genauso wie der andere sein Bein.

So war es, und so sollte es auch sein, folgerte er auf dem Weg zum Tresen, wo er überrascht feststellte, daß der andere ihm sein Bier gezahlt hatte.

Eine Freundin

Schwierig waren die Nächte. Tagsüber gab es keine Probleme, denn ich hatte das Büro: Ich fing um acht an zu arbeiten und ging um elf zum Mittagessen; um eins kam ich wieder zurück und blieb bis halb sechs, aber wenn ich dann nach Hause kam, fing das Problem an. Im Büro mußte ich nur meine Arbeit tun, und zum Glück gab es davon mehr als genug. Einmal, ich erinnere mich nicht mehr, warum, hatte ich Angst, daß er eines Tages nicht zur Arbeit kommen könnte; aber nein, diese Gefahr besteht nicht, der Doktor ist sehr gefragt, er wird niemals fehlen.

Jeden Abend, bevor ich die Türe abschließe und nach Hause gehe, blicke ich auf die schier unendlichen Manuskriptberge, die ich tippen muß, und allein schon bei dem Gedanken, daß dort Arbeit genug für ein ganzes Leben liegt, empfinde ich eine unbeschreibliche Freude und eine tiefe Dankbarkeit dem Doktor gegenüber, daß er mir diese Arbeit besorgt hat. Ich habe ihm das nie gesagt, weil ich mich schäme, aber für mich ist er wie ein zweiter Vater. Nicht nur, weil er mir die Stelle besorgt hat; es ist in erster Linie wegen der Art, wie er mich behandelt: Er unterhält sich nie mit mir, es sei denn, um Anweisungen zu geben oder mir einen Auftrag zu erläutern. Das ist eine sehr seltene Eigenschaft, denn, wie man hört, gefällt es den Chefs im allgemeinen, mit den Angestellten zu plaudern, um etwas darüber zu erfahren, wie sie leben, was sie tun, was sie mögen, all das – und manchmal kommen sie einen sogar besuchen, schrecklich. Aber in der Beziehung muß ich mir keine Sorgen machen, ich weiß, daß der Doktor niemals auf die Idee kommen würde, mich zu besuchen, selbst wenn ich im Sterben läge, würde er mich nicht besuchen kommen, vielleicht würde er jemanden schicken, aber selbst würde er nie kommen. Diese

Gewißheit macht mich außerordentlich gelassen. Selbst bei den Anweisungen faßt er sich kurz, weil er weiß, daß schon die Art, wie er die Papiere auf dem Tischchen ablegt, mir reicht, um zu wissen, was ich damit machen soll. Es gab schon Tage, an denen er außer den Grüßen beim Kommen und Gehen kein einziges weiteres Wort mit mir wechselte. Er ist ein außergewöhnlicher Mann. Schade, daß ich mich schäme, ihm zu sagen, daß er für mich wie ein zweiter Vater ist. Ich würde ihm auch gerne sagen, daß er Diät halten sollte, denn er ist sehr dick, und dicke Menschen sterben am Herzen; wie es bei Onkel Paulo der Fall war, der plötzlich mitten auf der Straße zusammengebrochen war. Aber ich befürchtete, dies allein wäre ein Grund für ihn, mehr mit mir reden zu müssen, und dann verlöre er das, was ich für seine beste Eigenschaft hielt.

Nur noch zwei Mal redete er mit mir. Einmal, es war gleich im ersten Monat, nachdem ich meine Arbeit für ihn aufgenommen hatte, sagte er: „Du bist ein perfekter Maschinenschreiber, so gut wie eine Maschine." Ich brauche wohl kaum zu sagen, daß mir vor Freude fast schwindlig wurde: Es war das größte Lob, das ich je in meinem Leben erhalten habe. An diesem Tag bekam ich abends vor lauter Glück kaum einen Bissen runter. Perfekter Maschinenschreiber zu sein war immer mein größter Ehrgeiz gewesen. Ich hatte schließlich immer die Schreibmaschinen beneidet, die über Jahre hinweg fehlerfrei arbeiteten; ich rede von den guten Schreibmaschinen, wie es meine im Büro ist: Sie hat mich nie im Stich gelassen, nur ich habe mich drei Mal vertippt, das schwerwiegendste Mal war, anstelle eines w ein e zu tippen, die beiden anderen Male handelte es sich um Akzente. Drei Mal, danach nie wieder, und ich glaube, es wird nie wieder vorkommen. Die Bemerkung des Doktors hatte mich so glücklich gemacht, daß ich ihm um den Hals gefallen wäre, wenn ich mich nicht zu sehr geschämt hätte.

Seine zweite Bemerkung – aber das war erst viel später – kam am Valentinstag. Ich wußte nicht, daß dieser Tag der Valentinstag war, er sagte es mir und fragte dann, was ich meiner Freundin schenken würde. Ich antwortete, ich hätte keine Freundin. Er erwiderte:

„Ich dachte, du hättest eine." Danach fragte er: „Sehnst du dich nicht nach einer Freundin?" Ich antwortete: „Ich weiß nicht." Vielleicht eine sonderbare Antwort, aber ich glaube, eine gute, denn er sagte nichts mehr. Zumindest eine ehrliche Antwort, denn ich wußte es wirklich nicht. Ich hatte immer gedacht, da alle Welt eine Freundin hatte, daß auch ich eines Tages eine haben würde und sorgte mich nicht weiter. Aber in jener Nacht fing ich an, mich zu sorgen, und in den folgenden Nächten begann ich, den Doktor fast dafür zu hassen, daß er mir diese Frage gestellt hatte. Von da an wurden die Nächte zu einem Problem.

Früher war alles so einfach gewesen: Ich aß regelmäßig zu Abend, legte mich ein wenig hin, um mich auszuruhen, bis um halb acht, und ging dann ins Kino. Kinos gab es genug, mehr jedenfalls als Wochentage, und diese Tatsache machte mich so zufrieden wie der Blick auf die unendlichen Manuskriptberge, die ich tippen mußte. Nach dem Kino ging ich nach Hause, aber vorher noch an einer Stehbar vorbei um ein Glas Milch zu trinken; niemals alkoholische Getränke oder Kaffee, denn beides strapaziert die Nerven, und das würde meine Arbeit beeinflussen. Aus demselben Grund rauche ich nicht und gehe früh schlafen.

Ich habe vergessen zu sagen, daß ich da schon in die Wohnung gezogen war. Vorher hatte ich in einer alten zweistöckigen Pension gewohnt. Die Miete war zwar billig, aber eigentlich war ich nur dort, weil es die erste Pension gewesen war, die ich gefunden hatte. Ich wohnte im zweiten Stock, und nach oben führte eine laut knarrende Holztreppe, derentwegen ich dann schließlich umzog; nicht eigentlich wegen des Lärms, aber wenn ich im Bett lag, hörte ich die Leute heraufkommen und dachte immer, sie würden gleich an meine Türe klopfen, obwohl ich zu niemandem aus der Pension oder zu sonst jemandem Beziehungen unterhielt, mit Ausnahme des Doktors, aber wie ich schon sagte, er würde mich nie besuchen. Das war mir dann immer nahezu unerträglich, mein Herz schlug heftig, und meine Hände wurden kalt. Es wurde erst besser, wenn ich die Person in ein anderes Zimmer gehen hörte, aber schon bald kam die nächste, und alles fing von vorne an. Erst gegen Morgengrauen konnte ich einschlafen. Ich beschloß deshalb, in die Wohnung umzuziehen, in der ich heute wohne. Genauer gesagt ein Apartment im zehnten Stock, in einem Hochhaus mit zehn Stockwerken. Holztreppen gibt es nicht, die Korridore haben Teppiche, und das Schloß ist viel sicherer als das der Pension, von der Alarmanlage ganz zu schweigen. Auch wenn keine Gefahr besteht, daß jemand während meiner Anwesenheit in mein Zimmer kommt. Wenn, dann geschähe es völlig überraschend, denn ich könnte keine angsteinflößenden Schritte hören, die die Treppe hochkommen und den Korridor entlanglaufen.

Gut, in dieser Nacht war es anders: Ich ging in ein Kino, aber anstatt mich auf den Film zu konzentrieren, studierte ich die Liebespaare, die vor mir saßen. Einige saßen eng beisammen, die Köpfe fast miteinander verschmolzen, andere saßen ganz normal, und ich merkte nur, daß es Paare waren, weil hin und wieder einer den anderen ansah und in einer ganz bestimmten Art etwas zu ihm sagte.

Sicher, diese Paare hatte ich immer gesehen, schließlich ging ich jeden Abend ins Kino, doch sie waren mir nie so deutlich aufgefallen wie jetzt. Nicht nur im Kino: An jedem Ort und zu jeder Tageszeit, wann immer ich ein Liebespaar sah, beobachtete ich die beiden mit ihren Gesten, Blicken, Lächeln, Worten, und nachts, wenn ich im Bett lag, ließ ich alles Gesehene und Gehörte noch einmal Revue passieren. Einzuschlafen fiel mir immer schwerer. Ich stellte fest, daß etwas Neues mit mir geschah. In diesen Momenten haßte ich den Doktor beinahe, denn schließlich hatte seine Frage das alles ausgelöst. Die Nächte wurden unerträglich für mich. Ich gab mir Mühe, nicht daran zu denken, mich auf andere Dinge zu konzentrieren, es ging einfach nicht. Bei der Arbeit mußte ich mich enorm anstrengen, um diese Gedanken beiseite zu schieben; nach einer gewissen Zeit gelang es mir, aber wenn ich nach Hause kam und die Nacht anbrach, war es entsetzlich. Die Sache wurde zu einer Obsession. Ich fühlte mich sehr krank. Ich war an einem Punkt angelangt, an dem ich es nicht mehr aushielt: Ich mußte mir eine Freundin zulegen.

Spontan dachte ich an das Mädchen, das an der Ecke wohnte. Sie war blond und sehr hübsch; von den Augen wußte ich nie, ob sie grün oder blau waren; es gab Tage, da glaubte ich, sie seien grün, an anderen Tagen dachte ich, sie seien blau, manchmal dachte ich sogar, daß sie die Farbe wechselten, so wie bei manchen Tieren. Sie hieß Ana. Ich erinnerte mich, daß sie mich einmal angelächelt hatte, und folgerte, daß ich vielleicht ihr Typ war. Um zur Arbeit zu kommen, mußte ich jeden Tag an ihrem Haus vorbei, viermal am Tag. Wenn ich die Hin- und Rückwege und die beiden Male abends hinzurechne, also insgesamt sechs Mal. Ich hatte also oft Gelegenheit, sie zu sehen. Manchmal sah ich sie mehr als dreimal pro Tag, manchmal aber auch gar nicht, dann war ich traurig. Ich verstand nicht genau, weshalb sie mich einmal grüßte, dann wieder nicht, wobei sie so tat, als ob sie mich noch nie gesehen hätte. Wohl ein Schachzug, um mich noch verliebter zu machen, doch sie verlor nur ihre Zeit, denn ich hätte verliebter nicht sein können. Das kleinste Lächeln, die unbedeutendste Geste rissen mich völlig hin. Nachts, wenn ich im Bett lag, erinnerte ich mich nacheinander an alle Momente, in denen ich sie gesehen hatte, immer wieder, und wurde dessen nicht müde, konnte stundenlang so daliegen. Ich pflegte mir unsere Liebe auszumalen, wie wir beide miteinander spazierengehen, plaudern und Pläne für die Zukunft schmieden würden, wie alle Verliebten. In diesen Augenblicken war mein Glück vollkommen. Ich stellte mir dann immer vor, wie es wäre, wenn ich sie dem Doktor als meine Freundin vorstellen würde. Zu meinem vollkommenen Glück fehlte nur seine Freude darüber.

Aber manchmal bekam ich es auch mit der Angst zu tun: Wenn ich mir die Sache etwas genauer ausmalte, beispielsweise, wenn ich einfach schon am nächsten Abend mit ihr zusammen wäre. Ich grübelte dann: Worüber werden wir reden? Was würde ich zu ihr sagen? Das war ein sehr unangenehmes Gefühl, und ich hatte plötzlich Lust, alles aufzugeben und zu vergessen. Die Situation schien mir zu schrecklich, als daß ich mit ihr fertigwerden könnte. Selbst wenn dieser erste Tag vorbeigegangen wäre: Wenn sie mich zum Beispiel – und das mußte ja eines Tages so kommen – zu einem Ball einladen würde, und ich dann gestehen müßte, noch nie auf einem Ball gewesen zu sein? Schrecklich. Aber ich hörte nicht auf: Nachdem ich diese ersten Hürden überwunden hätte und die Sache gut liefe, worüber würden wir reden, wenn wir zusammen wären? Das war meine wichtigste Frage: Was würden wir reden? Denn eigentlich kannte ich mich nur mit einer Sache richtig aus und sprach nur darüber gern: über das Maschinenschreiben, meine Arbeit. Sonst kannte ich mich eigentlich mit nichts aus. Ich ging nicht auf Parties, trieb keinen Sport, tat nichts, was ein Mann in meinem Alter normalerweise tut, auch nicht lesen. Ich las fast nichts, bis auf die Zeitungen jeden Tag. Aber die Nachrichten – über eine Revolution in einem fremden Land oder eine Rakete, die in den Weltraum geschossen wurde, Nachrichten, zu denen jeder einen Kommentar abzugeben wußte – interessierten mich eigentlich nicht, sie waren Phantasie pur, sie existierten nicht. Ich wundere mich, wie die Leute sich so sehr für diese Dinge interessieren, darüber diskutieren und sogar streiten können: Sie kommen mir vor wie große Kinder, die immer noch an Feen und Drachen glauben. Sogar Nachrichten über eine, neue noch stärkere Bombe machten die Menschen, wie ich feststellte, ganz betroffen. Warum bloß? Worin liegt der Unterschied, ob man beispielsweise durch eine Bombenexplosion oder infolge einen Insektenstichs stirbt? Ist das nicht dasselbe? Stirbt man nicht sowieso, auf welche Weise auch immer? Und außerdem ist eine Bombe sowieso etwas, das außerhalb unserer Reichweite liegt, wieso sich also darüber aufzuregen? Was ich einmal in der Schlange vor der Kinokasse von einem Typen hörte, trifft es am besten: Neunundneunzig Prozent sind dagegen, dann kommt das eine Prozent, dreht durch, drückt auf den Knopf, und die Welt war einmal. So ist das.

Gut: Es gab das Kino, und ins Kino ging ich immer, aber ich konnte mir weder die Namen der Schauspieler noch die Titel der Filme merken. Wieso sollte ich mich dafür interessieren? In einem Gespräch würde ich sowieso nichts darüber herausbringen. Worüber ich reden konnte, war einzig meine Arbeit; nicht über das, was ich tippte, oder das, was der Doktor so schrieb, denn obwohl ich las, während ich tippte, tat ich es doch nur mit den Augen und nicht mit dem Verstand, und wenn man mich nach Abschluß der Arbeit gefragt hätte, was ich geschrieben habe, hätte ich wahrscheinlich nicht mit Bestimmtheit antworten können. Nicht darüber also, aber über das Maschineschreiben als solches, über meine Arbeit, den Akt des Tippens, über meine Schreibmaschine: Darüber hätte ich stundenlang begeistert reden können. Aber würde sie sich dafür interessieren? Könnte ein hübsches, fröhliches Mädchen ein Gespräch über das Tippen interessant finden? Diese Fragen setzten mir so zu, daß es Momente gab, in denen ich hätte heulen können. Ich kam also zu dem Schluß, daß ich das Unmögliche, das Unerreichbare wollte und daß es das Beste wäre, sich das so schnell wie möglich aus dem Kopf zu schlagen und nie wieder daran zu denken. Ich hatte sogar das Bedürfnis zu beten; aber ich kam dann nicht dazu. Das letzte Mal hatte ich gebetet, als ich noch ein Kind war; danach nie wieder, ich weiß nicht, warum.

Ein Gedanke hielt mich aufrecht: Wenn sie mit mir gehen würde, wäre ich bereit, mein ganzes Leben von Grund auf zu ändern. Mit ihrer Hilfe würde ich alles lernen. Ich wäre brav und folgsam wie ein kleines Kind, und mit meiner Willenskraft und Konzentration – die mir erlaubten, der Maschinenschreiber zu sein, der ich bin – würde ich sicher alles schaffen. Selbst wenn sie mich aus irgendeinem Grund bitten würde, die Arbeit aufzugeben, ich würde es tun, obwohl es mir sehr schwerfiele, wie ich wohl kaum betonen muß, aber für sie würde ich alles tun. Es wäre, als würde ich neu geboren. Ich denke, daß dies die Bedeutung des Traums war, den ich in einer dieser Nächte hatte: Ich befand mich am Grunde eines ausgetrockneten Brunnens – warum träume ich bloß so oft von ausgetrockneten Zisternen? –, da tauchte Ana über mir auf. Sie trug ein weißes Kleid, es schien ein sehr heller Tag zu sein, denn ihr Kleid und ihre Haare funkelten. Sie schaute in die Zisterne und sah mich, lächelte und streckte mir die Hand entgegen. Die Zisterne war sehr tief, und ich begann herauszuklettern; aber da wachte ich auf, ohne zu Ende geträumt zu haben. Es war schrecklich für mich, und ich versuchte weiterzuschlafen, um zu sehen, ob der Traum wiederkam, ich schlief ein, doch der Traum kam nicht zurück, und als ich wieder aufwachte, war es Zeit, zur Arbeit zu gehen. In der folgenden Nacht, dachte ich vor dem Schlafengehen viel an den Traum und hoffte, daß es mir gelingen würde, ihn in den Schlaf zurückzuholen; aber er kam nie wieder.

Ich habe es noch nicht erwähnt, aber am Anfang beschäftigte ich mich ein paar Tage lang damit herauszufinden, ob Ana schon einen Freund hatte, kam aber zu dem Schluß, daß sie keinen hatte. Dann entschied ich, bei der nächstbesten Gelegenheit den ersten Schritt zur Bindung zu tun. Diese Gelegenheit ließ allerdings auf sich warten. Einmal, als ich nachmittags wieder zur Arbeit ging, traf ich sie auf der Straße, es war fast niemand war unterwegs. Sie war allein, und ich dachte, das ist die Gelegenheit, aber ich war so aufgeregt, so linkisch, daß ich sie nur grüßen konnte: Sie sah mich fragend an, ich glaube, sie spürte, wie nervös ich war. Ich verfluchte mich für den Rest des Tages und hielt es wieder für besser, die Sache zu vergessen. Mein Zustand war jämmerlich. An diesem Nachmittag tippte ich dieses e anstelle des w.

Am nächsten Tag – es ging mir noch nicht besser – ergab sich eine einmalige Gelegenheit. Ich saß im Kino und dann – ich achtete schon nicht mehr auf das Filmgeschehen – sah ich sie. Sie kam mit einer Freundin herein und setzte sich zwei Reihen vor mich. Ich schaute genauer hin, ob sie es wirklich war. Sie war es; ich würde sie nie mit einer anderen verwechseln. Ich zitterte, mein Herz begann heftig zu schlagen, und mir kam es so vor, als ob der Sitz sogar wackelte und mein Nachbar es merken mußte. Neben Ana waren noch zwei Plätze frei. Es war Mittwoch und das Kino eher leer. Der Film hatte gerade angefangen. Ich entschied mich spontan, stand auf und setzte mich auf den noch freien Platz neben sie. Noch heute überlege ich, was mir durch den Kopf gegangen ist, als ich das tat. Aber in dem Augenblick überlegte ich nicht: Ich stand auf und ging hin. Obwohl ich fast außer mir war vor Nervosität, bemerkte ich genau den Moment, als sie mich erkannte. Es war erst, nachdem ich eine Weile neben ihr gesessen hatte. Ich schaute nicht zu ihr hin, aber ich merkte, daß sie mich eine Weile lang ansah. Ich wußte genau, daß sie mich wiedererkannte. Also wartete ich ab, was passieren würde. Was dann geschah, war alles andere als das, was ich mir vorgestellt hatte. Sie beugte sich zu ihrer Freundin, flüsterte etwas, das ich nicht genau verstand – außer, daß es um mich ging. Dann standen die beiden auf und setzten sich vor, in eine andere Reihe. Das war das Ende. Ich verließ das Kino, bevor der Film zu Ende war, aus Scham, daß sie mich beim Hinausgehen sehen könnte. Am nächsten Tag begegnete ich ihr auf der Straße: Sie kam mir entgegen und erkannte mich; ich wollte die Straße überqueren, um nicht an ihr vorbeigehen zu müssen, aber ehe ich es tun konnte, war sie mir schon zuvorgekommen. Besser so.

Davor hatte es noch eine andere Episode gegeben, die ich nicht erzählt habe: Nachdem ich das Kino verlassen hatte, befand ich mich in einem Zustand, wie ich ihn noch nie erlebt hatte. Ich glaubte, den Verstand verloren zu haben, denn ich konnte nicht mehr denken. Ich schlich nach Hause wie ein Tier, instinktiv. Dann setzte es bei mir aus, und ich wollte mich vor den nächsten Bus werfen. Bis dahin hatte ich noch nie an Selbstmord gedacht; sogar jetzt war es kein richtiger Gedanke, nur ein Impuls, und in diesem Moment kam ein Bus um die Ecke. Ich warf mich davor, aber ich weiß nicht, irgendwie wich er mir aus, und ich wurde an einen Pfosten geschleudert. Ich blieb daran kleben, ein wenig betäubt, den Pfosten fest umklammert, als der Fahrer, der die Geschwindigkeit gedrosselt hatte, mich im Vorbeifahren mit allen erdenklichen Schimpfwörtern bedachte. Er hielt mich wohl für einen Besoffenen. Ich selbst war in dem Augenblick nur sehr erschrocken, so als ob all das einem anderen passierte. In dem Maße, wie der Schreck nachließ, wurde ich fröhlich, immer fröhlicher, sah, welche Dummheit ich beinahe begangen hätte: mich umzubringen, das Büro und meine Schreibmaschine, den Doktor zu verlieren, all das zu verlieren ... Ich war so froh, daß sich meine Augen mit Tränen füllten. Ich war dem Fahrer, der mir das Leben gerettet hatte, so unendlich dankbar, und jetzt fand ich sogar Gefallen an seinen Beschimpfungen. Damit begann meine Heilung. Zuhause erinnerte ich mich wieder an die Geschichte im Kino und wurde beinahe wieder traurig, aber die Gewißheit, daß alles endgültig vorbei war und ich nichts dergleichen mehr zu erwarten hatte, gab mir Ruhe und ließ mich schlafen.

Die ersten Tage danach waren nicht einfach. Noch manches Mal dachte ich unwillkürlich an Ana. Ich mußte eine Reihe von Vorkehrungen treffen, damit es nicht mehr geschah. Eine davon war zum Beispiel, meinen Weg zur Arbeit zu ändern: Wie ich schon sagte, muß ich, um zur Arbeit zu kommen, an ihrem Haus vorbei: Also machte ich einen Umweg um den Block. Am schwierigsten war es abends: die Liebespaare, das Kino. Selbst dagegen fand ich eine gute Methode. Ich habe schon erzählt, daß ich eigentlich nicht gerne lese; doch wie es nun mal so kommt – ich kaufte mir eine zwölfbändige Enzyklopädie und habe auch schon drei Bände gelesen. Nicht, daß mich die Lektüre interessiert hätte, überhaupt nicht, aber beim Lesen vergeht die Zeit, und ehe man sich versieht, ist es Schlafenszeit, wie früher im Kino. Eines Tages, als meine Augen vom Lesen müde waren, wollte ich sogar einen Fernseher kaufen. Ich hatte genug Geld, aber Angst, daß der Nachbar, der im Zimmer gegenüber wohnte und keinen Fernseher besaß, wie er mir eines Tages ungefragt mitgeteilt hatte – denn ich frage nie jemanden nach irgend etwas –, davon erfahren könnte und versuchen würde, mit mir Freundschaft zu schließen, um zu mir zum Fernsehen zu kommen. Ich verzichte auf den Fernseher und kaufte stattdessen ein Fläschchen mit Augentropfen, die ich benutzte, wenn die Augen wehtaten.

Ich brauchte das Fläschchen nicht ganz auf. Eines Abends beschloß ich auszugehen, um zu sehen, wie ich mich fühlte. Zu meinem Erstaunen und meiner Freude geschah nichts von dem, was ich befürchtet hatte; ich fühlte mich wieder wie früher. Ich ging in ein Kino und merkte plötzlich, daß ich auf den Film und nicht mehr auf die Pärchen achtete. Ich war geheilt und konnte wieder jeden Abend ins Kino gehen. Wieder zu Hause, stapelte ich die Bände der Enzyklopädie in einer Ecke, und da liegen sie bis heute, ziemlich eingestaubt. Die Nächte waren nun kein Problem mehr. Das eine oder andere Mal achtete ich noch auf die Liebespaare, die mir begegneten, aber es war nur ein Überbleibsel der alten Gewohnheit, das mit der Zeit verschwinden würde. Wenn ich mich hinlegte, erinnerte ich mich nicht mehr an das, was ich gesehen oder gehört hatte: Ich schlief schnell ein und wachte erst am nächsten Tag auf, wenn ich zur Arbeit mußte. Auf der Arbeit brauchte ich mich nicht anzustrengen, um mich zu konzentrieren. Nach diesem einen Tag habe ich mich nie wieder vertippt. Summa summarum: Mein Leben war wieder, was es einmal gewesen war.

Was Ana betrifft, so habe ich sie nur noch ein Mal gesehen: Sie ging Hand in Hand mit einem Jungen in einem gestreiften Polohemd, und ich sah sofort, daß es ihr Freund war, sie mußte ihn in jenen Tagen getroffen haben. Ich überlegte flüchtig, daß sie sich vielleicht in mich verliebt hätte, wenn ich auch gestreifte Polohemden getragen hätte. Na ja, nur so ein spontaner Gedanke, den ich gleich wieder vergaß.

Glück

Aus Anlaß seines Geburtstages hatte die Ehefrau einen Kuchen backen lassen, in den sie die Kerzen in Form einer Vier und einer Null steckte, sie hatte Süßigkeiten, Kanapees und Getränke bestellt, Verwandte und Freunde eingeladen, die jetzt die Wohnung füllten und das Licht ausschalteten, wobei die Kerzen eine flimmernde und spannungsgeladene Sekunde lang eine Menge stummer, erwartungsvoller Gesichter erhellten, bis er sie ausblies und ein prasselnder Beifall in seinen Ohren dröhnte, dann sangen alle *Zum Geburtstag viel Glück,* und er lächelte, ohne zu wissen, wohin er blicken und die Hände hintun sollte, als jemand laut rief: *Es lebe Edgar,* und alle riefen: *Er lebe hoch,* und die Nachbarin begann, *Happy birthday to you* zu singen, wobei zunächst zwei oder drei Leute sie begleiteten, die dann aber zu singen aufhörten, weil es Englisch war und sie nicht genau wußten, wie man das aussprechen muß, und sich genierten, da sang sie allein weiter, während sie und die anderen den Rhythmus mit den Händen klatschten, wobei die anderen sie und Edgar freudlos ansahen und lächelten, und er ebenso freudlos dreinsah und lächelte, ohne zu wissen, ob er zur Nachbarin oder zu den anderen hinsehen sollte, die ihn anblickten und ihm zulächelten, und er lächelte und seine Hände glitten in die Taschen und fuhren wieder heraus, seine Frau neben ihm war auch nur ein lächelndes Gesicht, er fühlte, wie weit er in diesem Augenblick von ihr entfernt war, so unendlich weit weg, daß sein Schrei aus seiner Einsamkeit niemals bis zu ihr dringen würde, bis er schließlich von ihr sanft beim Namen gerufen wurde, und sie sagte, *sag etwas mein Lieber,* und irgend jemand hinter ihm fragte, *wo bleibt die Rede?,* worauf dann alle wieder schwiegen und ihn lächelnd ansahen in der Hoffnung, er würde etwas sagen, und er lächelte und fuhr sich mit der Hand über die Lippen, sah auf den Boden und überlegte, was er sagen sollte, obwohl er keine Lust hatte, zu irgend jemandem dort zu sprechen, und er auch nichts zu sagen hatte, von neuem sah er hilfesuchend zu der Frau hin, die lächelte und hoffte, daß er reden würde, denn schließlich war es sein Geburtstag, und die Gäste waren da, er hatte die Kerzen ausgeblasen und sie hatten *Zum Geburtstag viel Glück* gesungen, und jetzt war der Augenblick gekommen, wo er irgend etwas sagen mußte, obwohl er nichts zu sagen hatte, und wo er sich mit der Hand über die Lippen fuhr, sein Kopf schwindelte, und er dachte, daß er in Ohnmacht fallen oder schnell weglaufen müßte; dabei guckten und lächelten alle ihn erwartungsvoll an, aber er hatte nichts zu sagen, und schließlich klopfte ihm jemand von hinten auf die Schulter, und irgend jemand hustete und noch jemand hustete, ein Junge unterhielt sich leise mit einem anderen und lachte, da überlegte er sich einige Worte, aber als er den Mund aufmachte, um sie auszusprechen, waren sie weg, und sein Kopf begann sich zu drehen vor diesen Augen, dem Raum, dem Kuchen, dem Boden und den Worten, die ihm fehlten, und irgend jemand sagte, *fühlst du dich nicht gut?*, es war seine Frau, und er schüttelte lächelnd den Kopf, irgend jemand sagte, *das ist die Rührung*, und er lächelte, und jemand anderes sagte wieder etwas Witziges, und alle brachen in Lachen aus und unterhielten sich, daraufhin bat er um Entschuldigung, er fühle sich nicht in der Stimmung, was er sehr bedauere, aber unglücklicherweise redeten und lachten ja schon alle und fingen an zu essen und zu trinken, und niemand hörte ihm mehr richtig zu, und ein Freund umarmte ihn erneut und sagte, *genau mein Alter, genau,* und gab irgendetwas über die Vierziger zum Besten, worauf er antwortete und auch irgend etwas über die Vierziger sagte, und beide lachten, aber niemand sonst fand das besonders lustig, und ein anderer Freund, der in der Nähe stand, lachte auch, ohne zu wissen, worüber die beiden lachten, und redete auch irgend etwas, was nichts mit dem zu tun hatte, was die beiden gesagt hatten, und alle drei lachten sie, und keiner wußte genau, worüber sie eigentlich lachten; sie schienen jedoch dicke Freunde zu sein und glücklich, wie alle dort im Raum gute Freunde zu sein schienen und glücklich, beim Bier, das die Krüge füllte, und bei den Kanapees, die die Münder stopften, Gelächter, Gespräche, Geschrei von Frauen und Kindern im Eßzimmer füllten die Wohnung mit Lärm und Treiben, und während sein Freund einen Witz erzählte, überlegte er, was das alles mit seinen vierzig Jahren zu tun habe, und dann lachte er auch und sagte, daß das ein guter Witz sei, und der andere sagte, *kennst du schon das Ende*?, und er antwortete, *klar,* und die anderen im Kreis sahen ihn bewundernd und ungläubig an, weil sie das Ende nicht kannten, daraufhin hörte er genau zu, hatte aber den Anfang nicht mitbekommen, und als der Witz zu Ende war, verstand er ihn nicht, alle starben fast vor Lachen, und einer fragte, ob es ihm nicht gefallen habe, aber er sagte, *ich kannte das Ende schon,* und dachte dann, daß es gut wäre, selbst einen Witz zu erzählen, konnte sich aber an keinen erinnern und dachte angstvoll und verzweifelt daran, daß sie noch mehr Witze erzählen würden und er dann wieder lachen mußte, aber ihm war die Lust am Lachen vergangen, denn seit über einer Stunde lachte und lächelte sein Mund ununterbrochen, er hielt das nicht mehr aus, er entschuldigte sich, und während er sich seinen Weg durch das Wohnzimmer, das Eßzimmer und den Korridor bahnte, lächelte er wieder ganz oft, schloß sich dann im Bad ein, und schließlich, als er alleine auf dem Badewannenrand saß, betrachtete er die verschlossene Tür und dachte, daß er zumindest einige wenige Minuten nicht zu lächeln, zu reden oder jemandem die Hand zu schütteln brauchte, und zum erstenmal an diesem Abend empfand er etwas Glück.

Mut

Der Mann legte die Zeitschrift ganz leise auf den Tisch. Dann richtete er den Lichtstrahl der Lampe auf den Boden, das Bett lag jetzt fast im Dunkeln. Aber sein Kopfkissen ließ er so liegen, wie es gelegen hatte: senkrecht an das Kopfende des Bettes gelehnt. Er veränderte seine Stellung nicht und schaute vor sich: Nur die Füße zeichneten sich unter dem Bettuch ab. Er drehte sich leicht, um die Frau zu betrachten: Sie lag mit dem Gesicht zur anderen Seite hin und hatte das Bettuch bis unters Kinn hochgezogen. Sie schien schon zu schlafen.

„Zazá ...“, sagte er, ganz leise, so, daß sie antworten würde, wenn sie noch wach wäre, er sie jedoch nicht aufweckte, falls sie schon schliefe.

„Hm ...“, brummte die Frau, ohne sich zu rühren.

„Schläfst du schon? ...“ fragte der Mann im selben Ton wie vorhin.

„Nein ...“, sagte die Frau. Sie schlief noch nicht, aber der Stimme nach zu urteilen schien es fast so. Sie bewegte sich nicht, und der Mann bemerkte, daß sie wie jemand atmete, der kurz vor dem Einschlafen war: ruhig und flach.

Er verschränkte die Hände hinter dem Kopf.

„Zazá, ich habe nachgedacht ...“

„Was ist? ...“ murrte die Frau.

Er drehte sich, beugte sich über sie, legte seine Hand auf ihre Hüften und streichelte sie durch das Bettuch hindurch.

„Schläfst du schon, Schatz? ...“

Die Frau öffnete die Augen, ohne den Kopf zu bewegen.

„Nein ... Ich hatte nur die Augen zu ...“

„Schlaf noch nicht ...“, sagte er, und gab ihr einen kleinen Klaps auf den Po.

Die Frau ruckte zustimmend mit dem Kopf auf dem Kissen und schloß die Augen wieder. Der Mann lehnte sich wieder an sein Kissen und verschränkte die Hände hinter dem Kopf.

„Weißt du, heute habe ich nachgedacht ... Hörst du mir zu, Zazá? ..."

„Ja ...", seufzte die Frau.

„Mir ging so allerhand durch den Kopf ..." Der Mann redete und schaute wieder in Richtung seiner Füße, sie bewegten sich manchmal unwillkürlich, als begleitete sie seine Gedankenschleifen. „Wir müssen mehr Bewegung in unser Leben bringen, Zazá; wir müssen neue, andere Dinge tun ... Aus diesem Trott herauskommen. Der Trott vergiftet unser Leben. Der Trott ist eines der größten Übel überhaupt. Er macht uns kaputt und vorzeitig alt. Er kommt noch früh genug; noch sind wir nicht alt; wir haben noch einige gute Jahre vor uns. Vergiß nicht: Das Leben beginnt mit vierzig. Wir sind gerademal sieben Jahre zusammen. Wir stehen noch am Anfang." Er sah wieder zu der Frau hinüber: „Zazá, hörst du mir zu oder schläfst du schon? ..."

Die Frau räusperte sich, um anzudeuten, daß sie zuhörte.

„Wir müssen mehr Schwung in unser Leben bringen. Uns etwas einfallen lassen, mal etwas anderes tun. Schließlich sind wir noch jung: voller Hunger auf das Neue, das Andere, das Ausgefallene." Der Mann zögerte ein wenig: Er wußte nicht, was er als nächstes sagen sollte. Er sah wieder zu der Frau hin.

„Genau das, selbst bei Kleinigkeiten, oder selbst bei den Dingen, die mehr ..." Er stockte, weil ihm die Worte fehlten, oder vielleicht hielt er es auch für besser, zu schweigen. Aber dann fing er erneut an: „Das hält einen lebendig und für immer jung. Wir müssen mutig sein ... mehr Mut haben ..." Wieder schien er nicht zu wissen, was er sagen wollte, oder Scheu zu haben, es auszusprechen.

Er blickte zu der Frau und betrachtete sie eine Weile, ihren Körper, dessen Kurven das weiße, dünne Bettuch nachzeichnete. Dann richtete er sich auf, um sich ihr irgendwie zu nähern, aber auf halbem Wege hielt ihn ein tiefer Seufzer der Frau davon ab, so daß seine Hand über ihren Hüften in der Luft hängenblieb, aber es war nur ein Seufzer gewesen, sie rührte sich nicht weiter. Trotzdem nahm er seine Ausgangsstellung wieder ein. Dann bewegte sie die Beine ein wenig, aber sie drehte sich nicht um, wie er zunächst vermutet hatte, und er schien sich sogar davor zu fürchten; sein Gesicht entspannte sich, als wäre er einer Gefahr entronnen.

Er sah jetzt tatsächlich auf seine Füße, und sie bewegten sich ruhig und verhalten, nervös wie der Schwanz einer Katze.

„Zazá, erinnerst du dich an Manuelino?“, fragte er.

Die Frau antwortete nicht. Er wandte den Kopf wieder hin zu ihr und wiederholte mit eindringlicher Stimme: „Zazá ...“

„Was ...“

„Erinnerst du dich an Manuelino? ...“

„Manuelino? ...“ Sie brauchte eine Weile und sagte dann: „Ja“, und bestätigte es, weniger für sich selbst als für ihn, um ihn davon abzuhalten, wieder zu fragen, ob sie schliefe: „dieser Freund von dir ...“, und zufrieden, daß sie sich erinnert hatte, fügte sie hinzu: „der von der Bank ...“

„Von der Bank? ... Nein, Zazá, das ist Marcolino, ich rede von Manuelino, der einmal bei uns war; der mit dem Hut; du hast sogar gelacht ...“

Die Frau sagte nichts.

„Erinnerst du dich nicht? Der mit dem Hut, Zazá ...“

„Ja ... doch; der mit dem Hut ...“

„Genau. Wir haben genau das angesprochen, was ich gerade erzählen möchte. Ein feiner Kerl dieser Manuelino ...“, der Mann lächelte. „Genau darüber haben wir gesprochen, über solche Sachen. Dann habe ich nachgedacht ... Weißt du, Zazá, es gibt vieles, was wir noch nicht gemacht haben, wir – damit meine ich dich und mich; Dinge, die wir in unserem Leben noch nie gemacht haben, die wir aber tun könnten. Ja, die wir tun könnten; die noch möglich sind, meine ich. Weil es einiges gibt, was wir nicht tun können, selbst wenn wir wollten. Zum Beispiel: Was nutzt es, wenn ich nach Japan möchte, aber kein Geld habe?“

„Japan ...“, seufzte die Frau.

„Ich sage, was nutzt es, nach Japan zu wollen, wenn ich kein Geld habe? Oder wenn ich einen *Impala* haben will? Was nutzt das? Oder zu wünschen ..." Ihm fiel nichts mehr ein. „Also: Unmögliches zu wollen. Das ist doch dumm, blöd, naiv. Aber was möglich ist, kann ich mir wünschen. Das Wort selbst sagt es schon: möglich, das heißt: es kann sein. Ich kann es mir wünschen und nicht nur das: Ich muß es. Es gibt so viel, was wir tun können – ich meine natürlich schöne Dinge, logisch; alles mögliche, und wir tun es nicht. Und warum? Warum tun wir es nicht? Aus Angst, Nachlässigkeit, aus Gewohnheit und Befangenheit. Wir haben viel darüber geredet, ich und Manuelino – Manuelino und ich", verbesserte er sich wie jemand, der bewußt darauf achtet, höflich zu sein. „Wir haben viel darüber gesprochen – über das Vorurteil, die Vorurteile. Sie hindern uns an vielem. Es sind Konventionen, die uns fest im Griff haben, wie Manuelino sagte; oder aber, wie er auch sagte: Die Vorurteile beherrschen unser ganzes Leben. Es gibt Vorurteile aller Art: gesellschaftliche, politische, religiöse, moralische. Unendlich viele. Es gibt Vorurteile aller Art, die einen stärker, die anderen schwächer."

Die Frau bewegte sich, er hörte auf zu reden und schaute zu ihr hin: Aber sie drehte sich nicht um, wie er es erwartet hatte, sie rollte sich zusammen wie ein Embryo; ihre Hüften zeichneten sich noch deutlicher ab.

Der Mann sprach weiter und betrachtete eindringlich ihre Silhouette: „Es gibt sogar sexuelle Vorurteile, oder besser ausgedrückt: Es gibt viele sexuelle Vorurteile ..." Er schien wieder nervöser zu werden und fuhr sich mit einer Spur von Verlegenheit durch das glatte, sich bereits lichtende Haar. „Manchmal gibt es sogar zwischen Ehepartnern Vorurteile – also sogar da, wo es nicht ein einziges Vorurteil geben sollte, wo Vertrauen herrschen sollte, wo man so frei sein sollte, das zu tun, was man will, deswegen ist man ja überhaupt zusammen; schließlich heiratet man, um all das tun zu können, all das, was unser Körper fordert."

Er beugte sich wieder über die Frau und streichelte ihre Hüften mit mehr Bestimmtheit.

„Ich bin heute so müde, Schatz ...“, brummte die Frau, ohne die Augen zu öffnen.

Er ließ sich nicht beirren. „Nein, das ist es nicht; es ist etwas anderes ...“, murmelte er und war dabei, sich an sie zu schmiegen, als sie sich auf den Rücken drehte:

„Was ist denn? ...“, fragte sie nach, sichtlich bemüht, wieder wachzuwerden.

Er behielt seine Stellung bei, sah sie an und drehte sich dann aber abrupt auf den Rücken.

„Was ist denn?“, fragte sie wieder.

„Du hörst mir gar nicht richtig zu“, sagte er, wobei er verärgerter war, als es in seinen Worten zum Ausdruck kam, aber die Frau war zu schläfrig, um es zu registrieren, „seit über einer halben Stunde rede ich mit dir, und du hörst mir überhaupt nicht zu ...“

„Doch. Tue ich wohl, Schatz. Habe ich denn nicht immer auf alles geantwortet, was du gefragt hast? Ich habe nur die Augen zu, schlafen tu ich nicht“, sagte die Frau, die sich inzwischen im Bett aufgerichtet hatte und sich auf die Ellenbogen stützte. „Willst du, daß ich dir alles wiederhole, von Anfang an? ... Ich kann alles von Anfang an wiederholen, soll ich? ...“

„Eine tolle Idee“, bemerkte er ironisch.

„Ich habe heute soviel gearbeitet, Schatz, ich bin todmüde, meine Augen tun weh vom vielen Nähen ... Ich habe sie nur zugemacht, ich habe nicht geschlafen; ich habe alles gehört, was du gesagt hast ...“

„Schon gut“, erwiderte er abschließend. „Schon gut. Laß uns jetzt schlafen.“ Er streckte den Arm aus und löschte das Licht. Dann schüttelte er das Kopfkissen zurecht und legte sich auf die Seite, mit dem Rücken zur Frau, die sich auch schon wieder hingelegt hatte.

Er schloß die Augen nicht sofort; im Dunkeln fiel sein Blick auf den Tisch, wo die Zeitschrift lag. Er erinnerte sich wieder an die Blondine auf dem Photo, die, den Rücken ihm zugewandt, auf einem roten Sofa lag.

Erdbeben

Sie hatte ein kleines Gesicht, das mich begeisterte, ein hübsches kleines Gesicht – ich weiß nicht, wie ich beschreiben soll, wie hübsch ihr kleines Gesicht war, ein wunderbares kleines Gesicht. Ich verliebte mich in sie, als wäre ich ein kleiner Junge von fünfzehn und sie ein Mädchen von fünfzehn, aber ich war nicht fünfzehn, sondern fast zwanzig, und sie war über zwanzig und verheiratet, Mutter, Hausfrau und Lehrerin, eine Frau mit allen dafür erforderlichen Eigenschaften. Ich verliebte mich auf den ersten Blick, am ersten Tag, im ersten Augenblick, eine verrückte Sache, ich verstand kein einziges Wort von dem, was sie im Unterricht sagte, und konnte meinen Blick nicht von ihren Augen wenden, es war verrückt und irrsinnig. Wenn ich beschreiben soll, was ich fühlte, würde ich mit dem Schreiben nicht mehr aufhören können, und überhaupt wäre es zwecklos, weil alles seltsam und unverständlich war. Es war, als hätte ich mein ganzes Leben lang, von Kindesbeinen an, nach etwas Bestimmtem für mich gesucht und unzählige Male immer an verschlossene Türen geklopft, hinter denen sich zu befinden schien, was ich suchte, von dem ich nicht einmal wußte, was es genau war, und immer weiter danach gesucht hatte; aber plötzlich war sie in die Klasse hereingekommen, wie sie an jedem anderen Tag auch hereingekommen wäre, und genau so wie jeder hereinkommen würde, und ich wußte plötzlich, das sie es war, wonach ich die ganze Zeit gesucht hatte, dieses eine, das Wichtigste, das allen anderen Dingen einen Sinn geben würde, das entscheidende, fehlende Teilchen, damit alles funktionierte. Das war nur eines der vielen Gefühle, die ich hatte. An diesem Abend wußte ich noch nichts über sie, überlegte nicht einmal, ob sie verheiratet sei oder nicht, ich war so betört von ihr, daß ich nicht auf den Ehering am Finger achtete; wie hätte ich in jener Stunde an so eine Kleinigkeit denken sollen? Welchen Unterschied hätte es gemacht, wenn ich den Ehering gesehen hätte? Er war genauso unbedeutend wie die Farbe ihrer Schuhe, die ich auch nicht sah. Sie war da, eine Erscheinung, die, aus dem Nichts aufgetaucht, jetzt vor mir stand, direkt vor mir, vor meinen entzückten Augen, sie bestand aus Fleisch und Blut, bewegte sich, redete, zwinkerte, lächelte, strich sich mit der Hand über die Haare, nach einer Ewigkeit des Wartens war sie da, ich konnte die Augen schließen, und sie war immer noch da, ich konnte auf die Straße gehen, sehen, hören, reden und all die anderen Dinge tun wie gestern, als es sie noch nicht gab, und wieder zurückgehen, an der Klassentür ankommen und sehen, daß sie da war, ich konnte nach Hause gehen, um zu trauern, zu verzweifeln, zu schreien, zu weinen, und ich wußte, daß sie da war und lebte, ob hier oder andernorts oder gar am entlegensten Ort der Welt. Sie kam jetzt in irgend einem Raum vor, es gab einen Körper, der sich bewegte und ihr gehörte, zwei Augen, einen Mund und eine Stimme, eine Art zu blicken, zu lächeln und zu reden, die zu ihr gehörten, die sie ausmachten, die von jetzt an und für immer sie waren.

In dieser Nacht konnte ich natürlich nicht schlafen. Ich dachte die ganze Zeit an sie, wobei „denken" nur ein schwacher Ausdruck war. Es war viel umfassender und tiefgehender: ein verrückter Tanz all meiner Körperzellen. Wie angenagelt wachte ich auf, unfähig, aufzustehen. Tagsüber ergab sich etwas unsäglich Schreckliches, das mir schon mehrere Male widerfahren war: Ich konnte mich nicht richtig an ihr Gesicht erinnern – in dem Augenblick, wo ich mich auf einen Teil konzentrierte, auf die Augen zum Beispiel, schwand der Rest, verformte sich, und ich mußte mich beeilen, ihn festzuhalten und dann verlor ich, was ich schon aufgebaut hatte – ein verzwicktes Ding. Ich wußte nicht, was ich tun sollte, um den Tag herumzubringen, denn die nächste Unterrichtsstunde mit ihr fand erst am Abend des übernächsten Tages statt, dann erst würde ich sie wiedersehen. Bei dieser ganzen Warterei dachte ich an nichts, ergründete nichts, überlegte nicht, was geschah, ich tat nichts dergleichen, ich konnte eigentlich nur warten, und schon das war nicht einfach.

Obwohl der Zauber ungebrochen war, nahm ich am zweiten Abend doch gewisse Einzelheiten wahr, zuallererst, daß sie verheiratet war: Nicht wegen des Eherings, es passierte nach der Unterrichtsstunde, als ich sie mit einem Kerl weggehen sah, von dem ich sofort wußte, daß er ihr Mann war. Ein gutaussehender Typ mit Anzug. Er war Konsul, wie ich später erfuhr. Ich fand auch heraus, daß sie Kinder hatten; von da an wollte ich alles wissen, wo sie wohnten, woher sie gekommen waren, wo sie studiert, wann sie geheiratet hatte, alles über ihr Leben, sogar die unbedeutenderen Dinge. Ich erfuhr alles über Dritte. Ich weiß nicht, warum ich mich überhaupt dafür interessierte, denn es war ein eigenartiges Gefühl: Jedes Mal, wenn ich eine neue Einzelheit in Erfahrung brachte, war es, als ob ich ihr ein Stück näherkommen würde, als ob sie immer mehr mir gehörte. Auf der anderen Seite zeigte mir das, was ich erfuhr, auf schrecklich sadistische Weise, wie sehr sie dem anderen gehörte und wie überaus kindisch und verrückt alles war, was mit mir geschah. „Im letzten Jahr haben die beiden eine Reise nach Europa gemacht“ – als stecke ein hämisches Lachen dahinter. Sie sagte: „Ricardo meint, daß ich immer in Eile bin“; sie und ihre Eile waren mir egal, ich dachte an diesen Ricardo und verzehrte mich vor Haß, niemals habe ich einen Typen so gehaßt, noch dazu einen, der nie auch nur ein einziges Wort mit mir gesprochen hatte, für ihn existierte ich nicht einmal. Wie konnte er mit der Frau zusammen sein, die für mich geboren war? Was machten sie miteinander? Sie gehörte mir!

Sie gehörte mir, aber ich tat nicht das Geringste, um sie zu bekommen. Nein, das ist es nicht, das ist dieser Ausdruck, den ich hasse, dieser typische falsche Ausdruck; sie war weder „die Meine“, noch wollte ich sie besitzen; so etwas kommt nur von den Liebesgeschichten, die ich ständig gelesen habe, da gibt es immer irgendeinen Kerl, der von einer Frau sagt „Sie gehört mir“, als ob er von seiner Zahnbürste redete; denn so ein Typ verdient tatsächlich eine Tussi, die wie eine Zahnbürste ist. Aber keiner gehört keinem, und niemand kann je, jemals, nie, *never*, jemanden haben oder jemandem gehören, nur bei solchen Schinken in der Art von *Das Recht auf Geburt* und in den Filmen der Pelmex, *Yo soy tuya hasta la muerte*, dieses ganze Zeug.

Aber nicht nur das: Ich begehrte sie nicht nur physisch; ich hatte keine Hintergedanken, um es kompliziert auszudrücken. Ich suchte kein Verhältnis, kein Abenteuer, nichts dergleichen. Es gibt Leute, die wenigstens einmal im Leben einem anderen die Frau ausspannen müssen, um sich als Mann zu verwirklichen; aber so einer bin ich nicht, ich bin bescheidener und versuche, mich anders zu verwirklichen, ganz abgesehen davon gibt es nur Schwierigkeiten, wenn man mit der Frau eines anderen rummacht, und von Schwierigkeiten halte ich mich fern, meine eigenen reichen mir schon. Es sei denn, die Frau des anderen ist schon nicht mehr richtig seine Frau, was der auch zugibt, dann ist sie wie jede andere Prostituierte, nur daß sie ihre Sache dilettantisch und unprofessionell betreibt. Aber wenn es so ist, ziehe ich eine Professionelle vor: Man geht hin, vögelt, zahlt, bleibt weder einen Gefallen, noch Liebe, noch Freundschaft schuldig, geht nach Hause und vergißt alles, erinnert sich nicht mehr an den Namen; Dalva oder Glória oder Marlene oder Valéria oder Paula oder Maura, alles ist gleich, das gleiche Loch, die gleichen Schenkel, Brüste, Münder, obszöne Worte, Stöhnen, eine Explosion im Dunkeln, der Geldschein auf dem Tisch, vorbei, man kehrt nach Hause zurück, ohne Bedenken, Gewissensbisse, Unruhe oder Sehnsucht, nichts dergleichen, der Körper ist zufrieden, die Seele stört nicht, und das Tier im Mann schnarcht glücklich.

Nein, das wollte ich nicht von ihr. Um die Wahrheit zu sagen, der Gedanke an Sex mit ihr war nur hinderlich, zerstörte alles. Es war seltsam: Man wirft ein Auge auf eine Frau und stellt sie sich sofort nackt vor, aber bei ihr war es nicht so; ich tat es nicht, weil ich es nicht tun wollte, oder was weiß ich, warum, Fakt ist, daß ich es nicht tat. Es war so wie bei einem vierjährigen Mädchen: Man sieht hin, aber keiner wird sie sich nackt vorstellen, obwohl viele selbst bei vierjährigen Mädchen kein Pardon kennen. Manchmal versuchte ich, an sie zu denken, wie es mit dem Ehemann war – wie sie in diesen Momenten wäre, im Bett, beide, alles; aber es war, als würde ich auf Gummi beißen, ja, nicht nur das, als würde ich das Gummi verschlucken und es würde wieder hochkommen, ja, so war es. Der Gedanke verflog schnell wieder, plötzlich fiel mir wieder ein, wie ich sie in der Schule gesehen hatte, und der Gedanke war weg.

Verdammt, wenn es kein Sex war, was wollte ich dann eigentlich von ihr? Ich wußte einfach keine Antwort. Immer noch nicht. Bei den Liebesgeschichten ist das anders: Alles steht fest, der Typ weiß immer, warum er etwas tut oder läßt, entweder will er eine Frau oder nicht. Möglich, daß es bei den anderen tatsächlich so ist, aber ich, ich bin anders, ich bin konfus und kompliziert, und dann wird alles konfus und kompliziert, die Dinge, die Menschen, die ganze Welt. Alles kommt falsch heraus, und schon hat man Angst und zieht sich in ein dunkles Eckchen zurück, denn wenn man auch nur einen Finger rührt, dann fällt einem ein Elefant auf den Kopf. Also rührt man sich nicht mehr, verharrt ganz ruhig im Dunkeln, betrachtet die gutgelaunten und lachenden Menschen, die draußen vorbeigehen, und versteht einfach nicht, warum die Menschen dort draußen sind und man selbst hier versteckt ist, obwohl man Lust hat, auch draußen unter Leuten zu sein. Dann plagt einen der große Weltschmerz und der Wunsch, nie wieder das Dunkel zu verlassen, und wer das dann merkt, rührt auch schon mal den Finger, damit ein Elefant auf den Kopf fallen kann, aber nicht ein einziger fällt, und dann ist der Himmel erst recht öde, daß es einem das Herz fast zerreißt, und alles sieht noch schwärzer aus als zuvor.

Ich wußte nicht, was ich von ihr wollte. Ich wußte es einfach nicht. Platonische Liebe? Auf den ersten Blick schien es so, aber nein, es war anders, tiefergehend, quälend, hoffnungslos, gewaltig, einzigartig, unheilbar, vollkommen: Ich hatte den Wunsch, sie zu umarmen, sie an meine Brust und ihr Gesicht an mein Gesicht zu drücken, sie so stark an mich zu pressen, bis sie, wenn ich die Arme lockerte, tot hinfiele, wie ein kleines totes Kind, oder bis sie plötzlich für immer verschwunden wäre, genauso wie das blonde Mädchen in der Zirkusnacht, als ich zehn Jahre alt war, es verschwand im Popcornduft und im Zweiertakt und ließ die ganze Erbärmlichkeit des Lebens hinter sich. Nein, es war keine platonische Liebe. Platonische Liebe ist eine ziemlich blöde Sache, so verweichlicht. Manchmal ist sie sogar zu Anfang ganz schön, aber mit der Zeit wird sie ein nervender Klotz am Bein. „Es endet, weil es sich wendet" – so stirbt die Liebe. Sie schlägt um in Ekel. Sie verkehrt sich in Verzweiflung. Sie wird zu Haß. Sie schlägt um in Angst. Sie wendet sich zum Bösen. Das wäre mit ihr nicht so. Es würde das „Sich-Wenden" nicht geben, weil alles nur ein einziger Augenblick wäre, aber ein Augenblick, der alles enthielte, was ich je gedacht, gefühlt, mir ausgemalt, gewünscht, erinnert, geträumt, erlitten hatte, alles, ein so heftiger Augenblick, so intensiv, so umfassend, so vollkommen, daß danach nur noch Selbstmord oder die totale Resignation folgen konnte. Es wäre wunderbar und schrecklich zugleich – wie ein Erdbeben. Genau: wie ein Erdbeben. Darauf habe ich seit meiner Kindheit gewartet, auf ein Erdbeben, auf etwas, das aufwühlt, bebt, alles erschüttert. Einmal, als ich sieben Jahre alt war, blieb ich stundenlang wach und wartete auf das Erdbeben, das sich meiner Vorstellung nach in jener Nacht ereignen sollte. Ich hatte keine Angst, und genau das ist interessant; ich wartete darauf, wie auf das Kommen des Weihnachtsmannes am Heiligen Abend, als ich noch klein war. Das Beben blieb aus, und bis heute warte ich, in manchen Nächten bete ich fast, flehe zu Gott, daß es kommen möge – wenn ich in diesen Nächten ziellos durch die Straßen laufe, mit niemandem sprechen will, nicht zu Hause bleiben kann und gleichzeitig eigentlich nicht unterwegs sein will, weder leben noch sterben kann, wenn alles geregelt ist und dann eben so ist und so bleiben wird, so wie zwei und zwei gleich vier sind. Wenn ein anderer Tag kommen wird und dann eine andere Nacht, dann wieder ein anderer Tag und eine andere Nacht, und alles sich ändert und alles gleich bleibt, einige geboren werden, andere aufwachsen, alt werden oder sterben, und wieder andere geboren werden. Wenn heute das zwanzigste Jahrhundert herrscht, morgen das einundzwanzigste und übermorgen das zweiundzwanzigste, wenn ich dann so tot bin, als hätte es mich nie gegeben, wie ich im zehnten Jahrhundert tot war. Andere leben, sterben oder werden geboren, wachsen auf, werden alt und sterben unter derselben Sonne wie die Neandertaler, die Assyrer, Phönizier, Ägypter, Griechen, Römer, Hunnen, unter der Sonne des Attila, des Heiligen Franziskus, der Lucrezia Borgia, des Kolumbus, Luthers, Descartes' und der Marquise de Pompadour, Byrons, Napoleons, Beethovens, Abraham Lincolns, Van Goghs, Marx', Machado de Assis', Kafkas, Greta Garbos, Charlie Chaplins, Hitlers, Marilyn Monroes und Brigitte Bardots wie unter der Sonne meiner Urgroßmutter, meines Großvaters, meines Vaters, meiner Mutter und meiner eigenen, ja, meiner Sonne, dieselbe Sonne, zu der ich heute aufsehe und die morgen auf mein Grab scheinen wird, wo ich in der dunklen Erde liegen werde, um selbst zu dunkler Erde, zu einer Handvoll Erde zu werden, das, was von allem zurückbleibt, was ich in diesem Moment bin, schlagendes Herz, atmende Brust, pulsierende Adern, Stimme, Hände, Denken, Fühlen, Wünschen, Leben, Fleisch, Knochen – alles nur eine Handvoll Erde, nicht mehr, eine Handvoll, ein Häufchen Erde, Erdpartikel, Atome, Protone, Elektronen. In solchen Nächten flehe ich fast zu Gott und bitte um ein Erdbeben. Vielleicht wäre dieses Erdbeben auch mein Tod, der eines Tages kommen wird, oder das Vorspiel, der Versuch für etwas anderes, Größeres und Endgültiges.

Alles sieht so klar aus, wenn man es beschreibt – aber nichts war klar. Manchmal dachte ich daran, mich nach dem Unterricht mit ihr zu unterhalten, aber ich tat es nicht, nicht aus Schüchternheit oder so, es war, als hätte ich eine unerklärliche Angst. Eines Tages hätte ich fast drauflos geplaudert: Sie wollte gerade die Treppe hinuntergehen, als ich hinterherging, bereit, sie anzusprechen; aber schon fing ich wieder an zu grübeln: Was will ich eigentlich von ihr, zum Teufel? Warum sollte ich mit ihr reden? Würde ich von meinem Leben erzählen und von ihrem erfahren? Aber wozu? Und danach? Ihr zeigen, was ich für sie empfinde? Aber dann? Ich weiß nicht genau, was ich für sie empfinde. Diese Gedanken verursachten bei mir eine Art Schüttelfrost, als wir in die Eingangshalle gelangten, wo ihr Ehemann auf sie wartete. Er legte den Arm um sie, und die beiden gingen zusammen weg. Es hatte geregnet, und die Straße war naß. Sie trugen Mäntel, hatten sich untergehakt, unterhielten sich und lachten. Manchmal lachte sie lauter und warf den Kopf zurück, eine ihrer typischen Gesten. Hier und da machten sie vor einem Schaufenster halt, betrachteten die Auslagen, und sie zeigte auf die Kleider, er in der ruhigen und lächelnden Gleichgültigkeit eines Ehemannes, der die geliebte Frau an seiner Seite hat, so als gäbe es Gott und alle Engelsscharen wirklich. Er war sympathisch – warum schäme ich mich zu sagen, schön? Also gut: Er war schön; hochgewachsen, kräftig, elegant. Konsul. Reich. Intelligent. Intelligent bin ich auch, manchmal so intelligent, daß ich total verrückt bin. Aber ich bin nicht schön, ich habe nicht das Auftreten eines Gentleman, ich bin ganz linkisch, vor allem bin ich weder reich noch Konsul; ich bin ein Stück Scheiße. Genau: ein Stück Scheiße. Und wenn ich als solches zu dieser Stunde auf die Straße gefallen wäre, hätte mich der Regen sang- und klanglos zum Gulli geschwemmt, und den würde ich nicht einmal verstopfen. Wenn ich zu diesem Zeitpunkt einen Revolver gehabt hätte, ich hätte sie beide umgebracht – aber ich besaß keinen Revolver, und hätte ich einen gehabt, hätte ich doch nichts getan (ich darf nicht zu oft die letzte Seite der Zeitung lesen). Ich würde ihnen mit etwas Abstand von der Schule aus folgen, wie zufällig. Ein schönes Bild: die beiden zusammen, Arm in Arm, lachend, auf dem regennassen Bürgersteig bei erleuchteten Schaufenstern. Es war zwar ein gewöhnliches Bild, aber so wunderbar, daß es für mich nicht zum Aushalten war. War es das, was ich wollte, was ich mir eines Tages für mich erträumte? Ich weiß nicht, ich habe schon alles geträumt, Träumen war das einzige, womit ich mich bis heute am meisten beschäftigt habe, und sicherlich habe ich deshalb nichts und bekomme immer wieder einen Dämpfer. Aber jetzt hat das Träumen ein Ende. Ehrenwort.

Dann gingen sie in das Haus und die Tür fiel hinter ihnen ins Schloß. Ich sagte mir: Scheiße, eine Frau ist wie die andere (ist sie nicht, ist sie nicht, ist sie nicht – oder doch?). Ich ging weiter, und ehe ich mich versah, war ich auf dem Strich gelandet, und eine Frau küßte mich, nannte mich „mein Liebling" – „Liebling?", sagte ich, „mit welchem Recht nennst du mich Liebling? Was ist Liebe? Dieses Reiben, dieses Sich-Bewegen, diese Erleichterung?" „Ja", sagte sie, „bist du schwul?"; „Sag mir, sag mir, was Liebe ist!" Ich konnte nur darüber reden, ich war wie besessen. Eigentlich starb ich: Das waren die Schreie meines Todeskampfs. Ich ließ sie in dem Zimmer, wo sie mich einen Schwulen nannte, zurück und ging, ohne auf irgend etwas zu achten; ein Typ versuchte, mich festzuhalten, ich weiß nicht, warum und wozu, aber ich entwand mich, oder er entwand sich, ich weiß es nicht mehr, und ich ging weiter, niemand konnte mich in diesem Augenblick aufhalten; ich ging weiter, und dann stand ich plötzlich allein mitten auf der Straße im Regen, ich ging weiter, kam an einer Bar vorbei, und es schoß mir durch den Kopf, mich einfach zu besaufen, aber dann dachte ich: Nein, nein, ich lasse mich nicht vollaufen, ich gehe nach Hause und schlafe – genau: Ich werde nach Hause gehen, den Schlafanzug anziehen, die Zähne putzen, mich hinlegen, ein Ave-Maria beten, und morgen werde ich mir eine Freundin zulegen, Sônia oder Lúcia oder Marta oder Regina oder Beatriz oder Marisa, ich werde sie „mein Schatz" nennen, und sie wird mich „mein Schatz" nennen, ich werde ihr Geschenke machen, und sie wird mir Geschenke machen, und wir werden ins Kino gehen, uns küssen, uns verloben und heiraten, Kinder haben, dick und alt werden, Enkel haben, sterben und begraben werden in der Erde, die uns leicht sein möge.

Spät in der Nacht

Im Traum klingelte eindringlich das Telefon – der Mann öffnete die Augen: Es klingelte noch immer. Die Frau wachte auch auf, beide sahen sich an.

„Wer kann denn das sein? ...", fragte die Frau.

„Um diese Zeit ..."

Der Mann drehte sich im Bett, streckte den Arm zum Telefon auf dem Nachttischchen aus. „Hallo." Es kam keine Antwort, aber am anderen Ende gab es jemanden. „Hallo", wiederholte er.

„Ja bitte", antwortete eine Frauenstimme.

„Wer spricht da bitte? ..."

„Eine Frau." Das war schon klar. „Ein Mädchen", erklärte die Stimme genauer.

„Mit wem möchte die Senhorita sprechen? ..." fragte er und nannte dann seine Telefonnummer.

„Die Nummer ist egal", sagte die Stimme, „jetzt habe ich sie schon gewählt. Wie Sie heißen ist genauso unwichtig, ein Name ist nur ein Name."

„Wie bitte?"

„Wer ist dran?", fragte die Ehefrau, die sich inzwischen im Bett aufgerichtet hatte.

Er schaute zu ihr hinüber und sagte leise, damit ihn die Person nicht hören konnte: „Ich weiß es nicht, eine Frau, ein Mädchen."

„Hallo", rief die Stimme.

„Ja bitte."

„Ich bedaure sehr, mein Herr, aber Sie sind der Auserwählte, das Los ist auf sie gefallen."

Der Mann verzog das Gesicht: das Los?

„Das Los?"

Er überlegte schnell, ob er einen Lottoschein, ein Los gekauft oder irgendeine Wette abgeschlossen hatte, aber er konnte sich an nichts erinnern, er war verwirrt. Eine Falle, dachte er.

„Ihre Nummer ist gezogen worden", sagte die Stimme.

Das einzige, was ihm einfiel, war Lotto, aber gleich darauf erinnerte er sich rasch und präzise: Seit über einem Jahr hatte er keinen Lottoschein und kein Los gekauft.

„Sie müssen sich täuschen, Senhorita; ich habe nie ein einziges Los gekauft." Er wiederholte seine Telefonnummer und seinen Namen.

„Los? ...", das Mädchen schien zu lachen. „Hab ich was von einem Los gesagt? ... Na ja, wer weiß, vielleicht ist es ja das große Los für mich: Vielleicht werde ich es sogar gleich ziehen ..."

Der Mann knipste das Licht an. Er begriff nichts.

„Wer ist das, Liebling?" beharrte die Ehefrau.

Er legte die Hand auf die Sprechmuschel und wandte sich zu ihr: „Ich weiß es nicht, es ist ein Mädchen, es redet von einem Los und von was-weiß-ich-noch: Ich verstehe gar nichts."

„Frag sie, mit wem sie reden will."

„Habe ich schon." Er horchte ins Telefon: „Ich bin ja, ich bin ..."

Seine unbequeme Haltung war ermüdend. Er hatte den Verdacht, daß es noch länger dauern würde und setzte sich mit einem Drehschwung, ohne die Bettdecke anzuheben, auf die Bettkante: Seine sehr weißen Füße landeten auf dem Teppich – einem irgendwo gekauften, billigen Teppich.

„Wie? Ich habe nicht ganz verstanden ..."

„Ich sage, daß ich Sie sicher gestört habe ..."

„Gestört? Wieso gestört? ..." sagte er befremdet.

Die Stimme antwortete nicht, blieb einen Augenblick stumm. Dann, als beginne sie von etwas anderem zu sprechen: „Ich bedaure, aber es war Ihr reines Glück oder Ihr Pech. Ich habe das Telefonbuch mit geschlossenen Augen geöffnet, bin mit dem Finger über die Seite gefahren und habe blind auf eine Nummer getippt: Es war Ihre. Verstehen Sie jetzt, daß es reiner Zufall war? Ich hatte schon Angst, bei der Heilsarmee oder bei den Zeugen Jehovas zu landen."

Die Ehefrau stand auf und setzte sich neben ihren Mann. Sie trug ein Nachthemd, die Haare waren zerzaust. Sie schwieg eine Weile, und als der Mann einmal kurz zu ihr herüberblickte, deutete sie auf den Wecker und wies mit leiser Stimme, als wäre aus dieser Entfernung ihre Stimme noch durch das Telefon zu hören, auf die späte Stunde hin; trotzdem hielt er die Muschel mit der Hand zu und verzog die Augenbrauen, ein Zeichen, als fragte er, *was gibt es denn?* Sie wiederholte: „Die Uhrzeit, unternimm etwas, frag sie, was sie will, sag, daß du schlafen mußt, daß das nicht die richtige Zeit für Telefongespräche ist. Zwei Uhr morgens, da telefoniert man doch nicht!"

„Senhorita", sagte der Mann mit einem energischen, aber immer noch höflichen Ton: „Senhorita, wissen Sie, was für eine vorgerückte Stunde das schon ist? Es ist zwei Uhr morgens. Meinen Sie nicht, daß es ein wenig spät zum Reden ist?"

„Meinen Sie, mein Herr, daß es eine richtige Zeit gibt, um ein Leben zu retten?"

„Ein Leben zu retten? Denken Sie, hier ist die Notrufzentrale?"

„Notrufzentrale? …", das Mädchen schien zu lachen. „Ihre Ironie gefällt mir …"

„Das ist keine Ironie, meine Senhorita", sagte er energisch und nachdrücklich. „Was ich sage, meine ich ernst. Es muß sich um ein Mißverständnis handeln. Ich glaube, Sie haben sich geirrt. Oder aber es ist ein schlechter Scherz."

Die Stimme antwortete nicht sofort, sagte dann aber, wie von ganz weit her: „Sie können sicher sein, daß es kein Scherz ist."

Der Mann verzog das Gesicht verunsichert, fassungslos und lustlos zugleich. Die Ehefrau wußte nicht, wie sie reagieren sollte, und setzte dieselbe Miene auf.

„Warum", sagte der Mann, jetzt plötzlich freundlicher. – „Hallo …"

„Ja bitte", antwortete die Stimme im immergleichen, gedehnten Tonfall.

„Warum rufen Sie mich nicht morgen an, meine Senhorita – genauer gesagt," er blickte auf den Wecker, „heute, etwas später, ich werde zu Hause sein, und dann können wir plaudern, soviel sie wollen", sagte er liebenswürdig. „Sie verstehen doch, Senhorita: Es ist spät in der Nacht, ich muß schlafen, und ich glaube, Sie wollen das auch", fügte er mit einer Stimme hinzu, die souveräner nicht sein konnte.

„Ja, vielleicht ist es das, was ich tun werde ..." Die Stimme klang entfernt, fast erstickt. „Schlafen ... schlafen ... nie wieder aufwachen ..."

Der Mann verzog wieder das Gesicht. Er schwieg jetzt und sah auf den Boden, mit zusammengekniffenen Augen, ganz reglos, als ob er dieser weit entfernten Stimme noch immer zuhörte, aber sie war jetzt gänzlich verstummt.

„Hallo", sagte er, und als sie nicht reagierte, noch einmal: „Hallo." Seine Stimme klang besorgt.

„Ja bitte", sagte die Stimme ganz kühl und neutral: Sie schien jetzt wieder näher zu sein.

Der Mann wußte nicht, was er sagen sollte. Alles war sehr seltsam, und er stellte fest, wie verwirrt er war, weil ihm so viele Dinge auf einmal durch den Kopf gingen. Da die Stimme zu warten schien, sagte er: „Ich habe nicht genau verstanden, was Sie gesagt haben, Senhorita ..."

„Was haben Sie nicht verstanden?"

„Was Sie gesagt haben, Senhorita."

„Was ich gesagt habe? Ich habe nichts gesagt ..."

„Ich meine, was Sie vorhin gesagt haben. Als ich sagte, daß Sie schlafen sollten, mein Senhorita, ich meine –" Er verbesserte sich: „Als ich sagte, daß ich es gut fände, wenn Sie und ich jetzt schliefen. Ich meine –" Er verhaspelte sich.

„Es wäre sogar gut ... Das wäre sogar eine gute Idee ...", sagte die Stimme belustigt, in einem halb amüsierten, halb ironischen Ton.

Der Mann wurde rot, und die Ehefrau merkte es. „Was war denn, Mario?" fragte sie.

Er schüttelte den Kopf, um anzudeuten, daß er die Nase gestrichen voll habe. Er war soweit, sie zum Teufel zu schicken.

„Mein Herr, Ihrer Stimme nach müssen Sie ein schöner Mann sein ..."

Er wurde wieder rot.

„Senhorita", sagte er, aber er wußte auch nicht, was er jetzt sagen sollte.

„Ärgern Sie sich nicht", sagte die Stimme, „bitte, es war nur ein Scherz."

Der Mann schwieg. Vor seinem Auge sah er vage ein nettes, schönes Mädchens, das außerordentlich sympathisch und intelligent war.

„Mario", sagte die Ehefrau betont leise: „Was ist los?" – Sie hob ungeduldig protestierend die Arme; er betrachtete sie, und diese Geste erschien ihm häßlich, grob, vermännlicht. Er sah die Reste von Creme in ihrem Gesicht und dachte kurz daran, daß dies seine Frau war – und er fühlte sich plötzlich zutiefst verunsichert. Er winkte ab, als wolle er sagen, daß er das Gespräch zwar gerne beenden und auflegen würde, aber nicht wisse wie, denn es habe keinen Zweck, die Person gebe ihm keine Gelegenheit. Er würde nicht so grob sein und ohne weiteres auflegen. Außerdem – so dachte er, froh darüber, daß es ihm einfiel, denn es gab ihm recht, sich der Frau gegenüber so zu verhalten – hatte er schon seine Telefonnummer genannt, also hatte das Mädchen die Nummer. Auch wenn sie seinen Namen nicht wußte (sie hatte gesagt, sie würde nichts darauf geben), könnte sie ihn, wenn er grob zu ihr wäre, plötzlich wissen wollen, könnte wissen wollen, wer dieser schlechterzogene Typ, dieser Blödmann sei, und das wäre dann nicht gerade gut für ihn. Die Frau senkte verstimmt den Kopf und blickte auf ihre Pantoffeln.

„Hallo", sagte die Stimme. „Hören Sie? Ich wollte Ihnen, mein Herr, nur sagen, nehmen Sie es mir nicht übel, es war nur im Spaß gesagt."

„Ich nehme es Ihnen nicht übel", sagte er.

„Sie müssen verheiratet sein ..."

„Ja", sagte er betont neutral.

„Ich denke, Sie müssen von Zeit zu Zeit mal mit ihrer Frau reden ..."

„Senhorita, haben Sie etwa etwas gehört? …", fragte er neugierig und fast amüsiert.

„Gehört. Gehört? Was denn? … Ach, nein ich schließe das, weil Sie, mein Herr, manchmal Pausen einlegen, und ich denke, es ist, weil Sie mit Ihrer Frau reden."

„Stimmt", lächelte er und fügte hinzu: „Senhorita, Sie sind intelligent …" Er sah unwillkürlich zu seiner Frau, und sein Lächeln verzog sich zu einer lustlosen Fratze, als wolle er sagen: Es war schwierig. Die Ehefrau sagte nichts; ihr Gesicht war wutverzerrt.

„Wie sehen Sie aus, mein Herr? … Ich stelle mir vor, Sie haben eine helle Haut und braune Augen … Ihr Haar ist gewellt …"

Der Mann wollte sagen, daß sie sich bei den Haaren geirrt habe, seine Haare waren glatt; aber die Augen, ja, die Augen waren braun und die Haut hell.

„Nicht groß und nicht klein," fuhr die Stimme fort. Es war, als stünde das Mädchen vor ihm, um ihn zu beschreiben.

Er sah halb verstört zu der Frau hin, die sich den Nagellack von den Fingernägeln kratzte. Er wünschte sich, daß sie schlafen oder, der Warterei auf ihn endlich überdrüssig, einschlafen würde.

Er hörte zu.

„Was sagt sie denn? …" fragte die Ehefrau wütend.

Er hielt die Muschel zu und äffte ihre Miene nach: „Ein komplizierter Fall; wenn ich du wäre, würde ich schlafen, eine lange Geschichte, eines dieser Mädchen voller Probleme, es wäre nicht gut, jetzt aufzulegen."

„Setz ihr eine Frist", flüsterte die Ehefrau. Er nickte zustimmend. „Wenn sie bis halb drei nicht aufgehört hat, entschuldigst du dich und sagst, sie soll dich morgen wieder anrufen, und legst auf; sonst geht das noch die ganze Nacht so weiter, wenn du dich nicht wehrst." Die Hand auf der Sprechmuschel nickte der Mann zustimmend. Die Frau hob die Arme, riß den Mund auf und gähnte, stand auf und ging wieder zur anderen Seite des Bettes hinüber.

„Habe ich richtig geraten?" fragte die Stimme.

„Beinahe", antwortete der Mann. „Abgesehen –" „Von den Haaren und dem Schnurrbart abgesehen" wollte er sagen, aber er schwieg noch rechtzeitig, drehte sich um und sah, wie seine Frau schon im Bett lag und sich die Decke über den Kopf gezogen hatte: Sie hatte die seltsame Art, mit zugedecktem Kopf zu schlafen.

„Abgesehen von was?“ fragte die Stimme.

Die Ehefrau reckte den Kopf unter der Decke hervor und wandte sich ihm zu: „Du könntest das Licht ausmachen ...“ Er blickte auf den Kronleuchter, der in der Mitte des Raumes hing, und fand diese Idee plötzlich sehr gut, geradezu phantastisch. Er schaltete ihn aus. Die Frau drehte sich um und zog sich die Bettdecke wieder über den Kopf.

„Hallo“, sagte der Mann.

„Ja, bitte.“

„Ich habe ...“

„Sie haben mit Ihrer Frau gesprochen, ich weiß schon. Ich bekomme das mit.“

„Jetzt ist sie –“ Fast hätte er gesagt: „ ... schon schlafen gegangen“, aber ihm fiel gerade noch eine andere Formulierung ein. „Ich meine meine Frau, sie saß zwar gerade noch hier neben mir, aber jetzt ist sie schlafen gegangen, sie war sehr müde. Sie wollte wissen, was los ist, wer da am Telefon sei.“

Die Stimme schwieg: Sie hatte offensichtlich den gezwungenen Unterton des Mannes und die Situation voll erfaßt.

„Hallo“, sagte er.

„Ich höre.“

„Sie ist schon schlafen gegangen“, fügte er im selben unpersönlichen, gezwungenen Ton hinzu. Er schaute sich um, um zu sehen, ob die Frau schon schlief, aber über ihrem Kopf lag die Decke. Der Atem ging langsam: möglich, daß sie schon schlief. Sie schlief immer schnell ein, und sie war sehr müde gewesen, wie immer. Befriedigt vernahm er schließlich ein sachtes Schnarchen. Er bekam Lust zu sagen: „Sie schläft schon und schnarcht sogar.“

„Jetzt bin ich mit Raten an der Reihe“, sagte er und stellte fest, das sein Herz heftig klopfte.

„Wie bitte?“, fragte die Stimme, „Ich habe nicht richtig zugehört ...“

Bevor er sich wiederholte, dachte er plötzlich, daß es zu gewagt sei. Er verbesserte sich: „Senhorita, im Rätselraten sind Sie gut …“

Das Mädchen sagte nichts.

„Aber um zum Beginn unserer Unterhaltung zurückzukehren, darf ich wissen, warum Sie ausgerechnet mich angerufen haben?“ Plötzlich überlegte er und fragte: „Oder kennen Sie mich, tun aber so, als würden Sie mich nicht kennen und machen sich über mich lustig?“

„Nein“, sagte die Stimme, „ich kenne Sie nicht. Ich habe Sie noch nie dicker gesehen, als Sie sind.“

Der Mann lächelte. „Aber warum“, fragte er weiter, „haben Sie ausgerechnet mich angerufen? …“

„Wie ich schon sagte, war es Glück, reines Glück.“

„Glück, wieso? .. Ich verstehe nicht …“

„Ich wollte mich umbringen“, sagte das Mädchen.

„Umbringen?“, wiederholte er etwas laut und blickte hinter sich, weil er dachte, daß er seine Frau aufgeweckt haben könnte.

„Ich wollte zwei Röhrchen Schlaftabletten schlucken: vierzig solche Tabletten; sie liegen in Fünfergruppen hier auf dem Tisch vor mir, zusammen zwei Quadrate wie in diesen Spielchen, wo man die Zahlen überspringen und sie von eins bis fünfzehn ordnen muß, ohne die Figuren vom Brett zu nehmen.“

„Aber warum?“

„Warum ich mich umbringen will? Oh …“ Die Stimme schien zu lachen, aber es war ein seltsames Lachen, ein Lachen, das eigentlich keines war. „Vielleicht lesen Sie es morgen in der Zeitung.“

Der Mann zeigte Verständnis, überlegte, aber der letzte Satz klang doch sehr nach Roman: Die Sache konnte nicht so ernst sein, wie sie schien. Es war ein Mädchen, eines dieser komplizierten Mädchen, mit irgendeinem vorübergehenden emotionalen Problem, einer Krise; er würde ihr zu verstehen geben, daß er sie nicht so ernst nahm.

„Warum haben Sie es sich anders überlegt?“

„Wer sagt, daß ich es mir anders überlegt habe?“

„Sie sagten, Sie wollten sich umbringen …“

„Ich wollte, und werde es vielleicht noch. Die Tabletten liegen hier vor mir auf dem Tisch, ich habe sie nicht wieder zurück in die Röhrchen getan; wenn meine Situation sich geändert hätte, würde ich das nämlich sofort tun."

Der Mann paßte wieder besser auf. Er suchte fieberhaft nach irgendeiner Strategie, wußte aber nicht genau, wofür.

„Wenn ich Sie wäre, würde ich es nicht tun ...", sagte er, überzeugt, weiterreden zu müssen, um ihr keine Zeit zum Nachdenken zu lassen, er wollte sie mit seinen Worten fesseln, sie nach und nach überzeugen – wenn es wirklich so ernst sein sollte –, jetzt schien es ihm bereits wieder ernst zu sein, sonst würde sie ja wirklich zuallererst die Tabletten zurückfüllen. Aber woher sollte er wissen, ob sie wirklich Tabletten hatte? „Wenn ich Sie wäre, würde ich bis morgen warten – oder jedenfalls erst mal nichts unternehmen." Der Wecker zeigte halb drei: Er erinnerte sich an den Rat der Ehefrau und sah wieder zu ihr hinüber; sie atmete regelmäßig und schlief fest.

„Wenn ich Sie wäre, würde ich zuerst schlafen, viel schlafen; nach dem Aufstehen kalt duschen, und erst dann wieder über die Angelegenheit nachdenken: ob Ihr Vorhaben die Mühe wert ist oder nicht."

„Lohnt sich Selbstmord? – Titel einer Reportage. Oder sogar der Titel eines Buchs: *Gibt es noch Zeit zum Sterben?* Gibt es kein Buch mit dem Titel *Gibt es noch Zeit zum Leben?* Genau, ich werde dieses andere schreiben: *Gibt es noch Zeit zum Sterben?* Aber wenn ich es tatsächlich schreiben würde, hätte ich keine Zeit, mich umzubringen."

„Wie bitte?"

„Schwarzer Humor."

„Was für ein Humor?"

„Schwarzer", sagte die Stimme lauter und irgendwie verärgert. „Wissen Sie etwa nicht, was schwarzer Humor ist?"

„Doch", sagte er etwas ungehalten, weil er plötzlich ärgerlich war.

„Und, was ist das?" fragte die Stimme provokant.

„Schwarzer Humor ist makaber, pessimistisch ...“

„Welcher Humor ist nicht pessimistisch?“

„Wie bitte?“

„Ich frage, ob es einen Humor gibt, der nicht pessimistisch ist?“

Der Mann überlegte eine Weile: „Ja. Es gibt den gesunden Humor.“

„Gesund? Soll das heißen, gesund ist nicht pessimistisch, und pessimistisch ist, was nicht gesund ist?“

„Ich glaube ja.“

„Sind Sie Protestant? Oder Rosenkreuzler?“

„Weder noch, Senhorita“, sagte der Mann mit dem Tonfall dessen, der merkt, daß man sich über ihn lustig macht und sich pikiert zurückzieht, um einen Gegenangriff vorzubereiten. „Ich bin katholisch.“

„Apostolisch?“

„Katholisch“, sagte er nachdrücklich.

„Genau: apostolischer Katholik.“

„Ja, Senhorita.“

„Römisch auch?“

„Ja.“

„Ich dachte, Sie seien Brasilianer.“

Bloß nicht den Humor verlieren, dachte er, und die Sache weiterhin spielerisch handhaben.

„Aber Sie haben mir noch immer nicht gesagt, was schwarzer Humor ist.“

„Noch nicht? Doch, ich sagte, es sei eine Art makabrer, pessimistischer, dunkler Humor – ein Humor, der allein aus dem Negativen entsteht.“ Er war stolz, diesen Ausdruck gefunden zu haben: Humor, der allein aus dem Negativen entsteht.

„Nein, ist es aber nicht“, sagte das Mädchen.

„Nein? Seien Sie doch bitte so höflich und klären mich auf! Hätten Sie diese dankenswerte Freundlichkeit, mir zu sagen, was schwarzer Humor ist?“

„Das ist der Humor, der in Afrika gemacht wird.“

„Aha, in Afrika“, wiederholte er scherzend, bis er plötzlich den

Witz verstand. „Ach ...“, lächelte er, weil er sich jetzt wieder vorstellte, daß das Mädchen sehr intelligent, sympathisch und schön sein mußte.

„Jetzt habe ich es begriffen“, sagte er.

„Das dauert bei Ihnen ziemlich lange“, sagte sie in einem Ton, der jeden irritiert hätte und ihn nur deshalb nicht ärgerte, weil er noch damit beschäftigt war, sich auszumalen, wie sie wohl war.

„Ich brauche lange, aber ich verstehe schnell“, sagte er, immer noch lächelnd, als stünde das Mädchen direkt vor ihm und könnte ihn sehen.

„Gott zögert, aber Er ist immer da“, sagte sie.

„Genau.“

„Glauben Sie, daß es ihn gibt?“

„Gott?“

„Ja.“

„Ja. Ich glaube an Gott.“

„Das merkt man gleich.“

„Warum merkt man das gleich?“, ärgerte er sich.

„Wenn Sie so laut reden, werden Sie noch Ihre Frau wecken – sie schläft doch? Oder nicht? Oder ist sie gar nicht Ihre Frau? ...“

„Soll das eine Anspielung sein?“, fragte er und hatte wieder den Impuls aufzulegen. „Hören Sie, Senhorita, wissen Sie, daß ich kurz davor bin, aufzulegen?“

„Dann legen Sie eben auf, aber Sie übernehmen die Verantwortung.“

„Was für eine Verantwortung?“, fragte er irritiert.

„Mein Leben liegt in Ihren Händen.“

„Ach so ist das also?“

„Ernsthaft. Ich mache keinen Spaß. Haben Sie das noch immer nicht begriffen? Mein Leben liegt in Ihren Händen!“

„Dann hören Sie mal: Das ist mir vollkommen egal.“

„Sieht nicht so aus.“

„Wonach sieht es nicht aus?“

„Daß Sie keinen Wert darauf legen; sonst hätten Sie schon längst aufgelegt.“

„Genau das gedenke ich zu tun."

„Tun Sie es doch einfach."

„Sie können sich wohl nicht vorstellen, daß ich auflege? Was habe ich denn mit Ihnen, zu tun, Senhorita? Gar nichts. Ich weiß nicht einmal, wer Sie sind, Senhorita, ich habe Sie nie gesehen. Ich bin Ihnen gegenüber zu nichts verpflichtet."

Die Stimme war verstummt.

„Hallo."

„Ja, bitte."

„Hören Sie, was ich sage."

„Ja, ich warte."

„Worauf?"

„Ich warte darauf, daß Sie auflegen."

Der Mann kratzte sich heftig am Kopf.

„Senhorita ..."

„Kein Grund zur Aufregung", sagte die Stimme ganz ruhig. „Ich kann mir vorstellen, wie Sie sich jetzt fühlen. Gewiß, Sie haben nichts mit mir zu tun, Sie haben keine Verpflichtung. Das liegt auf der Hand. Sie kennen weder mich, noch kenne ich Sie. Sie sind nur irgendeine Telefonnummer, die ich zufällig fand; nicht einmal Ihren Namen habe ich gelesen – ich weiß nicht einmal, wie Sie heißen, mein Herr; auch die Nummer habe ich vergessen; ich habe das Telefonbuch einfach wieder zugeklappt, und es ist ziemlich unwahrscheinlich, daß ich ausgerechnet Ihre Nummer noch ein zweites Mal wähle, das wäre zuviel des Zufalls. Mein Herr, Sie sind für mich nur eine Stimme, genauso wie ich für Sie nur eine Stimme bin, mein Herr; zwei Stimmen, verbunden durch eine Telefonleitung, das ist alles, was wir jetzt teilen, nicht mehr und nicht weniger. Sie und ich sind in diesem Augenblick nichts weiter als zwei durch Telefon verbundene Stimmen. Es reicht, wenn Sie auf die Gabel drücken, und alles ist vorbei, verschwunden. Es besteht keine Gefahr, daß ich wieder Ihre Nummer wähle. Ich werde sie nicht wieder wählen. Es wird nur dieses eine Mal geben: nur dieses und kein nächstes. Also, alles ist ganz einfach: eine Handbewegung. Sie müssen nur auf die Gabel drücken. Es gibt nichts, das Sie daran hindern könnte. Nichts." Die Stimme verstummte.

Der Mann kratzte wieder heftig an seinem Kopf.

„Senhorita, verstehen Sie doch", begann er leicht stammelnd. „Ich ... hallo ..."

„Ja bitte, ich höre."

„Sehen Sie es doch einmal so, Senhorita: Ich schlafe jetzt einfach und am Vormittag rufen Sie mich wieder an, und ich bin dann ganz Ohr, Sie können dann anspielen, worauf Sie wollen ..."

„Anspielen? Was habe ich gerade gesagt? Ich wollte nur die Wahrheit wissen, ob Ihre Ehefrau wirklich dort ist ..."

„Aber wozu, Senhorita? ..."

„Wozu? Nun, wäre es nicht unangenehm, wenn sie dieses Gespräch hören würde? ..."

„Wieso unangenehm?" fragte er, ganz neugierig, worauf das hinauslaufen würde.

„Mein Herr, Sie stellen vielleicht Fragen!"

„Sie aber auch, Senhorita?"

„Ich, was bitte?"

„Was tun Sie?"

„Tun?"

„Fragen."

„Ach, ja. Also haben wir etwas gemeinsam."

„Also haben wir etwas gemeinsam", wiederholte er, wobei ihm die Worte „wir, gemeinsam" gefielen, und jetzt im Dunkeln mußte er schmunzeln. Dann redete er weiter: „ Ja, sie ist meine Frau. Standesamtlich und kirchlich", fügte er scherzhaft hinzu und hoffte, daß das Mädchen lachen oder zurückscherzen würde – vergebens. „Seit neun Jahren sind wir verheiratet. Lange, nicht wahr? Manchmal denke ich darüber nach: neun Jahre ... Seit neun Jahren sehe ich diese Frau tagein, tagaus, seit neun Jahren esse ich zusammen mit ihr, rede mit ihr, lege mich mit ihr hin, sehe ihr Gesicht, das ..." Er stockte einen Moment.

„Ich höre", sagte die Stimme.

„Das ... all das. Neun Jahre lang. Es gibt Tage, an denen ich es nicht einmal aushalte ..." Er stockte wieder.

„Ist sie bei Ihnen?“, fragte die Stimme.

„Ja. Sie schläft, sie kann nichts hören. Wenn sie schläft, hört sie nichts. Sie schläft wie ein ... wie ein Tier. Schlafen ist ihre Lieblingsbeschäftigung.“

„Dann muß sie dick sein ...“

„Dick? Sie ist eine Kugel. Sie wird jeden Tag dicker.“ Er fragte gleich darauf: „Und Sie? Sind *Sie* dick oder dünn? Jetzt bin ich mal dran mit Raten ...“

„Warum? Morgen lesen Sie es in der Zeitung und wissen dann Bescheid.“

„Hören Sie: Meinen Sie das wirklich ernst?“

„Was denn?“

„Den –“ Er wollte es nicht aussprechen: „Diese Geschichte mit den Tabletten; daß Sie ...“

„Meinen Sie etwa, ich mache Witze?“

„Eigentlich ja. Ich dachte. Ein Mädchen wie Sie, intelligent, sympathisch und schön, denkt doch nicht an Selbstmord ...“

„Woher wissen Sie, daß ich schön bin?“

„Etwa nicht?“, fragte er einfühlsam.

Die Stimme zögerte, bevor sie antwortete, antwortete aber: „Doch.“ Nur das: „Doch“. Sein Herz begann wieder schneller zu schlagen.

„Finden Sie mich sympathisch? ...“, fragte das Mädchen in einem anderen Ton, leicht amüsiert.

„Sehr. Sehr sympathisch. Und intelligent.“

„Intelligent bin ich wirklich, stimmt. Das ist ja gerade das Schlimme.“

„Schlimm, warum?“

„Eine lange Geschichte, es lohnt nicht, sie zu erzählen. Wäre ich dumm und häßlich, wäre ich um diese Zeit nicht wach, säße hier nicht mit meinen Tabletten vor mir und unterhielte mich mit einem Menschen, den ich in meinem Leben nie gesehen habe und wahrscheinlich nie sehen werde.“

„Nein“, sagte der Mann und spürte einen Druck auf dem Herzen. „Das sollte nicht so sein.“

„So wie was? …“, fragte die Stimme, wieder weiter weg.
„Wir werden uns sehen.“
„Was würde das bringen?“
„Viel, sehr viel“, antwortete er mit fast erstickter Stimme.
„Ich habe es sowieso beschlossen.“
„Was haben Sie beschlossen?“
„Daß ich es tun werde.“
„Was tun?“
„Dreimal dürfen Sie raten“, sprach die Stimme in einem Ton, der ihn entsetzte.
Er bemerkte plötzlich seine schweißnassen Hände.
„Nein“, sagte er, und versuchte, seine Besorgnis zu unterdrükken, sie nicht zu zeigen: „Seien Sie nicht dumm.“ Er legte die Betonung auf „dumm“ und hoffte, ihr damit symbolisch eine Ohrfeige verpaßt zu haben, die ihrer Hysterie ein Ende setzte.
Aber sie antwortete beinahe sanft: „Dumm …“. Die Stimme kam von so weit weg, als würde sie jeden Moment verstummen.
„Seien Sie nicht dumm, Sie haben keinen Grund, sich umzubringen, Sie sind jung, intelligent und schön“, sagte er schnell und versuchte, überzeugend zu klingen.
„Keinen Grund …“, wiederholte die Stimme immer noch sanft und traurig.
„Oder haben Sie irgendeinen Grund?“
„Wenn ich Krebs hätte, zum Beispiel …“
„Haben Sie Krebs?“
Die Stimme antwortete nicht sofort.
Er beharrte: „Und, haben Sie Krebs?“
„Nein, soweit ich weiß, nicht …“
„Haben Sie irgendeine Krankheit? Darf ich es wissen? …“
„Wozu? … Ja, sicher, nein, ich bin nicht krank.“
„Was ist es denn?“
„Es ist … ‚Es ist sinnlos, die Traurigkeit würde mich nie loslassen.‘“
„Wie? …“
„Das ist der letzte Satz Van Goghs, den er an seinen Bruder

richtete, bevor er starb ...“ Sie machte eine Pause. „Sie sind mein Bruder ...“

Das Herz des Mannes schlug heftig, und er hatte Schwierigkeiten zu sprechen, ihm dröhnte der Kopf. „Sie stellen sich dümmer an, als Sie sind“, sagte er mit gepreßter Stimme, „Überstürzen Sie nichts, lassen Sie den ... verschieben Sie die Entscheidung auf morgen, Sie haben viel Zeit, Sie sind dabei, eine Dummheit zu begehen, begreifen Sie das nicht? Hören Sie, warum sagen Sie mir nicht einfach Ihren Namen, oder rufen mich morgen wieder an, heute, etwas später? Machen Sie jetzt bloß nichts, gehen Sie schlafen ...“ Plötzlich hielt er inne. Er hatte das beängstigende Gefühl, daß sie ihm nicht mehr zuhörte, ihn einfach nicht mehr hörte. „Hallo“, sagte er. Keine Antwort. „Hallo“, wiederholte er, „hallo“. Er wartete ein wenig. Der Hörer war aufgelegt worden. Einen Augenblick lang bewegte er sich nicht. Er legte den Hörer auf die Gabel, ließ den Kopf hängen und drückte seine Hand, die den Hörer festhielt, voller Verzweiflung dagegen. Eine Weile lang blieb er so sitzen, in der Hoffnung, das Telefon würde noch einmal klingeln. Als er sich etwas beruhigt hatte, fuhr er sich mit der anderen Hand durch die Haare. Dann legte er sich auf die Bettdecke und seufzte tief. Er fühlte sich zerschlagen.

Er hatte die Hände hinter dem Kopf verschränkt, hielt die Augen geöffnet, drehte immer wieder den Kopf zum Telefon. Neben ihm schnarchte die Frau. Wenn sie einatmete, kam es ihm außerordentlich lang vor, beängstigend lang: Sie kam zu einem Punkt, wo es schien, als müsse sie platzen; dann nach einer Sekunde, in der der Atem zu stocken schien, kam er in einem langen Schnarchton wieder. Das verursachte ihm Beklemmung.

Das Telefon klingelte. Mit einem Ruck setzte er sich auf und nahm den Hörer ab. Aber niemand antwortete, obwohl jemand dran war. Es wurde aufgelegt. Er sah auf seine Hände, und obwohl es dunkel war, konnte er den glänzenden Schweiß erkennen.

Wieder klingelte das Telefon. „Hallo“, sagte er. Niemand antwortete. „Hallo“, rief er drängend. Es war jemand dran, der sich jedoch nicht meldete. „Hallo, hallo“, wiederholte er aufgeregt, „hallo, hallo, hallo!“

„Wach auf“, sagte die Frau, „träumst du?“

Er hatte gerade die Augen geöffnet. Eine Sekunde lang dachte er, auch der Rest sei Traum gewesen – „Alles war nur ein Alptraum“. Aber nein, es war real gewesen, sehr real.

Das Zimmer war schon hell, das Rollo hochgezogen. Vor dem Spiegel des Kleiderschranks machte sich die Frau zum Ausgehen fertig.

„Was ist daraus geworden?“, fragte sie. „Aus dem Telefongespräch?“

„Ich habe ihr einige Ratschläge gegeben.“

„Was war eigentlich das Problem?“

Er sah aus dem Fenster: Es schien ein sehr klarer Tag zu sein.

„Das Problem? ... Ein komplizierter Fall, eine lange Geschichte ...“

„Diese Mädchen von heute sind alle gleich“, sagte die Frau verächtlich und irgendwie melancholisch, resigniert. „Unsere Welt ist am Ende.“

Das Ende aller Dinge

Sie waren im Morgengrauen aufgebrochen, als die Stadt noch schlief, und waren abends wieder zurückgekehrt: er und noch zwei Gefährten.

Sie fuhren mit dem Fahrrad, manchmal waren sie auch zu Fuß unterwegs, redeten und scherzten und merkten dabei nicht, wie weit sie eigentlich fuhren. Damals war die Straße noch nicht geteert, und Verkehr gab es nur wenig. Die Gegend war dicht bewaldet, und immer wieder begegnete man Tieren: Hirsche, Affen, Wildkatzen, Schlangen, Kaninchen, Rebhühner, Wachteln, Tukane. Sie waren immer enttäuscht, wenn sie einmal nichts zu sehen bekamen. An allem hatten sie unbändigen Spaß.

Der Fluß verlief direkt hinter einem großen Eukalyptuswald. Sie liefen über das weiche Gras durch den Wald, zwischen den Stämmen hindurch, sogen den Eukalyptusduft ein und hörten die Vögel oben in den Bäumen zwitschern. Am Waldrand hatten früher ein Kiosk und zwei Wohnhäuser gestanden. Der Kiosk stand noch dort, aber er schien in den letzten zehn Jahren nicht ein Mal geöffnet worden zu sein; er war alt und verfallen. Aber Häuser gab es jetzt viele, fast ein kleines Dorf. Von dem Wald waren nur noch wenige Bäume übriggeblieben.

Am Flußufer gab es sehr weißen Sand. Sie hatten sich dort immer niedergelassen, um zu Mittag zu essen. Wenn es sehr heiß war, hatten sie sich in den kühlen Schatten eines Eukalyptusbaumes begeben. Komisch, daß in seiner Erinnerung das Flußwasser immer grün und klar war. Aber das konnte nicht stimmen: In der Regenzeit wurde es trüb, fast rot. Jedenfalls hatte er es nie zuvor gesehen wie jetzt: in dieser gelblich trüben Farbe, einem giftigen Ton. Als er den Fluß so sah, empfand er Schrecken und Entsetzen, was hatte man bloß mit ihm gemacht! Aber es war nicht nur der Fluß: Was war mit dem Sand? Und mit all den Eukalyptusbäumen?

Und die Fische? Wo waren die Fische? Seit zwei Stunden schon saß er in der Sonne und hatte nur einen armseligen Weißling gefangen, der sich sicher auch nur verirrt hatte. Zu dieser Jahreszeit hatten sich damals die Reusen schnell mit Fischen gefüllt: Engmaulsalmler in Mengen, Barben, Antennenwelse, manchmal auch Flußhechte oder sogar Goldbrassen. An den schlechteren Tagen hatten sie mindestens Dutzende von Weißlingen gefangen. Aber was war von dieser Fülle übriggeblieben?

Er erinnerte sich nur an ein einziges Mal, wo sie nichts gefangen hatten: Nachdem es am Vorabend heftig geregnet hatte, führte der Fluß viel Wasser. Das hatte sie aber nicht daran gehindert, sich zu vergnügen: Sie hatten ihr Geld zusammengeworfen, waren zum Kiosk gegangen, hatten alles in Bier umgesetzt, das sie dann ans Flußufer nahmen. Sie saßen im Sand – die Sonne war wolkenverhangen –, tranken und erzählten sich Witze. Sie rupften Grasbüschel aus, spielten Bogenschießen und heulten wie Indianer. Sie waren schon halb betrunken. Beim Laufen fielen sie hin und rollten im Sand, genau da, wo jetzt dieser grobe und verdreckte Sand voller Glasscherben, Konservendosen, Papierfetzen, Zigarettenstummeln und Präservativen war.

Nichts von dem ehemals Schönen der alten Zeiten war übriggeblieben. Selbst das Gurgeln des Flußwassers schien verstummt zu sein, vor dem heiseren, keuchenden Geräusch der Fabrik, deren Schlote am Horizont auftauchten, wie auf den Himmel gerichtete Kanonenrohre.

In seiner Empörung empfand er Trauer um die Natur, den Fluß, die Bäume, die Fische und die Vögel. Wenn er noch einmal hierher zurückkehren würde, gäbe es sicher überhaupt keinen Baum mehr, keinen Fisch, keinen Vogel, keinen Sand, und dieser Fluß hätte sich wahrscheinlich in schmutziges Abwasser verwandelt.

Er zog die Angel aus dem Wasser. Nichts. Es gab dort einfach keine Fische, sinnlos, es weiter zu versuchen. Er würde jetzt noch einen neuen Köder anlegen und einen letzten Versuch wagen.

Wenn sich dann innerhalb von fünfzehn Minuten nichts täte, würde er seine Sachen packen, fortgehen und niemals mehr wiederkommen.

Als er sich umdrehte, um den Köder zu befestigen, sah er, wie ein Mann näherkam. Es war ein alter Mann mit Hut und einfachen Kleidern.

„Haben Sie viel gefangen?", fragte der Alte.

„Gar nichts."

„Gar nichts?"

„Nur einen Weißling."

„Diese Jahreszeit ist nicht günstig."

„Es ist die beste des Jahres."

„Tatsächlich? Ich verstehe nicht viel vom Angeln", sagte der Alte.

Er hatte den Köder befestigt und ging an das Ufer zurück. Der Alte folgte. Er schwieg und sah zu dem Punkt, an dem die Leine eingetaucht war, und hoffte, daß sie sich bald spannen und die Rute sich biegen würde. Aber genau das geschah nicht. Er zog die Angel wieder aus dem Wasser, um nach dem Köder zu sehen: Der Regenwurm bewegte sich, lebte noch und war völlig unversehrt.

„Nichts?" fragte der Alte.

Er schüttelte den Kopf: „Nichts, hier gibt es keinen einzigen Fisch mehr."

„Vielleicht, wenn Sie es weiter flußabwärts versuchen."

„Hab' ich schon, überall dasselbe."

Der Alte erwiderte nichts. Er schwieg, rauchte und blickte auf den Fluß.

„Manchmal kommt ein Fischer hierher", erzählte er.

„Fängt er etwas?"

„Wenig. Ich glaube, hier ist kein guter Ort zum Angeln."

„Früher schon. Ich habe hier schon viele Fische gefangen."

„Wirklich?", der Alte schaute ihn bewundernd an: „Ich bin nicht von hier", erklärte er, „ich lebe erst seit kurzer Zeit hier."

„Arbeiten Sie in der Fabrik?"

„Nein, mein Sohn hat einen kleinen Laden in der Stadt. Ich arbeite nur hier und da mal, Kleinigkeiten. In meinem Alter kann man nicht mehr viel arbeiten."

„Angeln Sie nicht gerne?"

„Als kleiner Junge habe ich mal geangelt. Mir scheint, damals hat es mehr Plätze zum Angeln gegeben."

„Die machen alles kaputt."

„Glauben Sie, daß die Fabrik hier daran schuld ist?"

Er zuckte mit den Schultern.

„Wissen Sie", erzählte der Alte, „als die Leute dort anfingen zu arbeiten, sahen wir viele tote Fische am Ufer, einige davon waren sehr groß. Wir hätten sie sogar fast gegessen, doch es war gefährlich, denn die Fische waren vergiftet. Die Fabrik leitet Öl in das Wasser, das dann wie ein Gift wirkt. Ich weiß nicht, ob Sie davon wissen. Das hat mir mal so ein Kerl erzählt, der vorbeikam. Ich weiß nur noch, daß wir viele tote Fische gesehen haben. Aber das war am Anfang, jetzt sehen wir gar keine mehr."

„Weil es keine Fische mehr gibt."

„Meinen Sie?"

Die Schlote der Fabrik stießen Rauchwolken aus.

„Die Öfen sind in Betrieb", erklärte der Alte.

Immer dichtere und schwärzere Wolken stiegen energisch in den Himmel und verbreiteten sich langsam und düster wie Todeswolken. Wolken des Todes. Ein scharfer Pfiff ertönte und zerschnitt die Luft wie ein Schwert.

„Adieu, Leben", sagte er.

Er zog die Angel aus dem Wasser, nahm den Köder ab und wickelte die Leine um die Angelrute.

„Gehen Sie schon?", fragte der Alte fast erstaunt, „vielleicht wird es später besser."

„Nein, es wird nicht mehr besser, auch nicht später, nie wieder." Er ging zu einem Stein, der am Ufer lag und zog die Reuse aus dem Wasser: Darin flitzte ein einzelner Weißling herum. Er griff hinein, packte ihn, spürte den kalten Fisch in der Hand, dieses Gefühl war ihm seit seiner Kindheit vertraut, und vielleicht würde er sich eines Tages daran erinnern, wie an etwas, das es nicht mehr gab. Er holte mit der Hand aus und schleuderte den Fisch mit voller Wucht in die Flußmitte: „Schwimm weg, schwimm weit weg, dorthin, wo der menschliche Wahnsinn noch nicht hingelangt ist."

Der Alte stand da und sah ihm neugierig zu. Er hatte seine Sachen zusammengepackt.

„Bei mir zu Hause gibt es Cafezinho", sagte der Alte, „wollen Sie nicht mitkommen und einen trinken? Es ist nicht weit von hier."

„Nein, danke, ich muß gehen."

„Sie würden mir und meiner Frau eine große Freude bereiten."

„Wir holen das beim nächsten Mal nach", antwortete er. Aber es würde kein nächstes Mal geben, denn er würde nie wieder dorthin zurückkommen. Er schulterte den Rucksack, nahm den Fischkasten und verabschiedete sich von dem Alten.

„Vielleicht kommen die Fische in der Regenzeit wieder", sagte der Alte.

„Vielleicht", antwortete er.

Die Feijoada

Der Mann kam herein, blieb stehen und schaute sich um: Kein einziger Tisch frei, das Restaurant war restlos besetzt. Er war gereizt: Er wußte, daß es jeden Samstag so war, und er hatte versucht, früher zu kommen, aber an diesem Tag hatte es einen Zwischenfall gegeben, daher seine Verspätung. Sollte er nur deswegen auf seine Feijoada verzichten? Das war nicht gerecht, das durfte nicht sein.

Ein Kellner kam auf ihn zu:

„Guten Tag, Herr Doktor."

„Wie geht's ...?" sagte er und ließ spüren, wie er sich fühlte.

„Das Haus ist heute recht voll", sagte der Kellner mit sichtlicher Begeisterung; „aber wenn es Ihnen nichts ausmacht, ein wenig zu warten, dort drüben wird bald ein Tisch frei ..."

„Ohne meine Feijoada geht es einfach nicht", antwortete er kategorisch.

Er wartete dann in der Nähe der Tür, sein Körper war zurückgebeugt, der Bauch ragte vor. Er knöpfte das Jackett auf: eine bunte Krawatte auf einem strahlend weißen Hemd. Er blickte auf die Straße, die linke Hand faßte den Gürtel, in der rechten hielt er eine Zigarette: Es war bereits Mittag, und die Sonne brannte, eine extreme Helligkeit hatte sich über allem ausgebreitet. Es war mitten im Dezember; seit einigen Tagen regnete es nicht mehr, und dem Wetterbericht zufolge sollte der Regen noch auf sich warten lassen.

Er sah wieder in das Innere des Raumes, ängstlich und ungeduldig.

Dann freute er sich: Im hinteren Teil machten Gäste einen Tisch frei. Der Kellner kam sofort:

„Ein Tisch ist frei."

„Prima."

Der Mann folgte ihm, und auf dem Weg zum Tisch nickte er einige Male förmlich und irgendwie feierlich den Leuten zu, die ihn grüßten. Schließlich nahm er Platz: endlich in Besitz genommenes Terrain. Er seufzte zufrieden und streckte die Beine aus.

„Wie ist sie heute, Fernando ...?“ fragte er vertraulich den Kellner, der soeben den Tisch abgewischt hatte.

„Sehr gut, Herr Doktor.“

„Wirklich?“, fragte er eher aus Gewohnheit als aus Zweifel.

Der Kellner hängte das Tuch über den angewinkelten Arm:

„Womit möchte der Herr anfangen? Wie immer?“

„Ja, aber bring mir vom besseren, hm.“

„Sie gehören zur Familie, Herr Doktor.“

Der Mann dankte mit einem Lächeln.

„Bringen Sie mir auch schon ein Bier?“

„Auch das.“

„Eine dunkle Flasche. Klar.“

„Klar?“

„Ich sage, daß es ganz klar eine dunkle Flasche sein soll.“

„Ach“, der Kellner lächelte; „ich dachte, ich soll eine von den klaren Flaschen bringen.“

„Nein“, antwortete er.

„Ich habe mich schon gewundert“, sagte der Kellner, „der Herr bestellt doch immer die dunkle Flasche.“

„Genau“, erwiderte er.

Der Kellner ging.

Der Mann ließ die Unterarme auf dem Tisch ruhen, lehnte sich bequem im Stuhl zurück und sah sich im Raum um: Er war glücklich, wirklich glücklich; und noch glücklicher fühlte er sich, als er einige neue Gäste an der Tür warten sah, wo er seinerseits vor wenigen Minuten gewartet hatte. Jetzt war er hier, ruhig, saß mitten in diesem Lärm aus Gesprächen und Gelächter und wartete auf seine köstliche Feijoada, diese Feijoada, die er jeden Samstag, wie einem religiösen Ritual folgend, verzehren kam. Es gab einfach nichts Besseres.

Da kamen die Getränke.

Der Kellner stellte das Schnapsglas, das Bier und das Gedeck mit den Appetithäppchen auf den Tisch. Er öffnete die Bierflasche und schob den Kronkorken in die Tasche seiner weißen Schürze, füllte das Glas, und das Bier schäumte.

Der Mann probierte den Schnaps.

„Wie ist er?“ fragte der Kellner.

„Göttlich.“

„Es ist der beste, den wir im Moment haben.“

„Hervorragend, vom Feinsten.“

„Nur noch eine halbe Minute, dann kommt die Feijoada“, sagte der Kellner und machte kehrt.

Der Mann aß eine schwarze Olive. Dann ein Scheibchen Rettich. Er strich Butter auf ein Stück Brot. Dann nahm er einen ordentlichen Schluck Bier:

„Ahh ...“, stöhnte er lustvoll.

Nach einer Weile kam schließlich der Kellner und balancierte gekonnt das Tablett mit der kostbaren Feijoada zwischen den Tischen hindurch. Er beugte sich vor, setzte das Tablett auf die Tischkante auf und stelte alles auf dem Tisch ab. Die Feijoada dampfte wohlriechend in der Keramikschüssel, dem Mann lief das Wasser im Munde zusammen.

„Ah, wie das duftet ...“ – er rieb sich die Hände.

„Noch ein Schnäpschen?“ fragte der Kellner und deutete auf das leere Schnapsglas.

„Ja, bringen Sie ruhig noch eins.“

Der Kellner ging weg.

Der Mann legte nicht gleich los; er riß sich einen Moment lang zusammen, um die Dinge zu prüfen. „Schau'n wir mal“, sprach er zu sich selbst, als wäre er im Büro und prüfte eine Rechnung: „Reis, Kohl, Maniokmehl, Sauce ...“ Alles da.

Dann tauchte er den Löffel in die Schüssel, rührte mehrere Male um und bediente sich artig. Dann nahm er sich von allen Beilagen ein wenig dazu. Er trank einen Schluck Bier und blickte sich verstohlen um. Dann griff er zur Gabel, schob Essen darauf und führte sie zum Mund: „Hm, ...“, wie köstlich es schmeckte.

Noch eine Gabel voll und einen Schluck Bier: „Ah, ..." Ein Schweinefüßchen, seine Zähne und seine Zunge legten den runden Knochen schnell frei, er warf ihn mit Schwung auf den Porzellanteller. Die Sauce war scharf: Malaguetapfeffer, zwei Schoten – ach so, deshalb. Das Bierchen löschte das Feuer, kühlte vom Hals nach unten – wie gut das tat. Ein Rülpser entfuhr ihm: „Oah ..." Er fühlte sich erleichtert, jetzt konnte er noch mal soviel essen. Er füllte den Teller wieder auf.

Der zweite Aperitif kam:

„Es hat ein Weilchen gedauert", entschuldigte sich der Kellner.

„Kein Problem: Er kommt gerade rechtzeitig."

„Soll ich Ihnen die Feijoada etwas aufwärmen? Dann schmeckt sie besser."

Der Mann willigte ein, der Kellner setzte die Schüssel auf das Tablett.

„Noch ein Bier?"

Der Mann sah auf die Flasche: Sie war fast leer.

„Bringen Sie noch eins."

Der Kellner ging.

Der Mann trank einen Schluck Schnaps, hervorragend.

Er schwitzte, zog das Jackett aus und hängte es hinter sich über die Stuhllehne. Er liebäugelte mit dem Teller, legte einen Löffel Sauce nach und machte sich darüber her. Er aß in einem gleichmäßigen Rhythmus weiter und unterbrach sich nur, um einen Schluck Schnaps zu trinken. Als er fertig war, spülte er den Geschmack im Mund mit dem Rest Bier hinunter, lehnte sich im Stuhl zurück und atmete tief durch: Er fühlte sich zum Platzen voll. Er hatte zuviel gegessen. Wenn jetzt wenigstens ein Rülpser käme; ein kleines Rülpserchen nur ... Und dann fühlte er, daß er kam, kommen würde: „Oahhh ..." rülpste er lustvoll. Dann richtete er sich noch ein bißchen im Stuhl auf: „Ah ...", und jetzt war er richtig erleichtert. Jetzt ja, jetzt war er ein neuer Mensch, er fühlte sich prima. Aber essen würde er nichts mehr. Oder doch? Höchstens noch ein kleines bißchen; ein ganz kleines bißchen ... Er blickte zur Küche hin und suchte den Kellner; es fiel ihm schwer, klar zu sehen. Sein Blick hielt nichts. „Bin ich etwa schon beschwipst?“, fragt er sich mit einem plötzlichen und merkwürdigen Impuls zu lachen. „Genau, ich glaube, ich bin schon beschwipst“, folgerte er und schüttelte sich vor Lachen, als wäre es die lustigste Sache der Welt.

Der Kellner kam aus der anderen Richtung und stand plötzlich mit dem Tablett vor ihm. Er lachte noch, trocknete die Augen mit dem Taschentuch, und der Kellner, der ihn so sah, mußte auch lachen. Er stellte die Feijoada und ein neues Bier auf den Tisch, und nahm die leere Flasche weg. Der Mann beugte sich über die Schüssel, als wolle er sein Gesicht hineinlegen:

„Mein Gott, dieser Duft ...“

„Noch ein Schnäpschen?“

„Du willst mich umbringen, Fernando“, jammerte der Mann, „ich werde dich bei der Polizei anzeigen, weil du mich umbringen willst ...“

Der Kellner lachte.

„Was kann man machen, bring her, bring, bring so viele Schnäpse, wie es gibt!“, und er lachte laut los: „Ich werde mich vollschütten, Fernando, ich werde mich vollschütten! ...“

Der Kellner ging lächelnd weg, blinzelte ein junges Pärchen an, das vom Nebentisch aus den Mann beobachtete und ebenfalls lachte.

„Oh je“, sagte der Mann zu sich selbst, „ich bin betrunken, total betrunken, es gibt keinen Zweifel mehr ...“

Er nahm den Löffel, um sich zu bedienen, aber stattdessen ließ er ihn plötzlich los: Er stand schwerfällig auf und ging zur Toilette, wobei er sich anstrengen mußte, das Gleichgewicht zu halten und nicht an die Tische zu stoßen – die Augen des jungen Paares und anderer Gäste folgten ihm in der Hoffnung auf einen Zwischenfall: Aber es geschah nichts.

Als er Minuten später zurückkehrte, lief er etwas sichereren Schrittes, aber sein Blick war aufgewühlt und abwesend zugleich. Er setzte sich, nahm sich von der Feijoada und den anderen Zutaten sehr bedächtig einen Nachschlag. Er trank einen Schluck Bier und aß weiter. Er kaute langsam und schaute währenddessen unverwandt auf den Tisch, als befände er sich an einem sehr ruhigen und stillen Ort. Und als der Kellner mit einem neuen Schnaps kam, hob er nur den Kopf, um Danke zu sagen, ohne einen Funken des zuvor gezeigten Temperaments.

„Haben Sie noch einen Wunsch?“ fragte der Kellner.

„Nein, das ist alles.“

Im vorderen Bereich des Restaurants schien an diesem Nachmittag die Sonne herein, die Straße war nur wenig belebt, die Menschen hatten sich in die Häuser zurückgezogen. Im Restaurant leerten sich die Tische, und die Kellner eilten durch den Saal und räumten auf. Nur ein Tisch im hinteren Teil war noch besetzt: Von dort aus schien der Mann alles zu verfolgen, allerdings zerstreut.

Als er ihn die Flasche umdrehen sah, ging der Kellner zu ihm:

„Noch eine, Herr Doktor?“

„Nein, das war die letzte“, erwiderte er.

Sein Gesicht war zerknirscht. Der Kellner beobachtete ihn.

„Geht es Ihnen gut?“

„In meinem Alter ist es schwierig, sich gut zu fühlen“, antwortete er, „und ich habe zuviel gegessen; ich hätte nicht so viel essen sollen.“

„Nehmen Sie ein Sonrisal.“

„Das hilft nicht.“

„Sonrisal ist wirklich gut“, bekräftigte der Kellner mit aufrichtiger Begeisterung.

„Das Problem ist nicht der Magen“, erklärte der Mann, und richtete die Augen müde auf den Kellner. „Das Problem liegt hier“, und er legte die Hand auf die Brust.

„Das Herz?“ fragte der Kellner, halb entsetzt.

„Die Seele“, sagte der Mann.

Der Kellner sah ihn an: Er mochte den Mann, der reich und wichtig war, ihn aber immer zuvorkommend behandelte, und es tat ihm leid, daß es ihm schlecht ging; er hätte gerne etwas gesagt oder getan, damit es ihm besser ginge, aber er wußte nicht, was. Es war nicht das erste Mal, daß er sich nach einer Feijoada beklagte; er versuchte ihm dann immer etwas Aufmunterndes zu sagen, und manchmal klappte es. Aber jetzt wußte er nichts zu sagen. Die Sache schien ernster zu sein. Der Mann war sehr niedergeschlagen.

„Vielleicht ist es die Leber“, versuchte er es noch einmal, „nehmen Sie ein Xantinon-B-12, es wirkt schnell; ein gutes Medikament.“

Der Mann schüttelte untröstlich den Kopf:

„Dafür gibt es kein Medikament, mein Junge.“

Der Kellner schwieg und wußte nicht mehr, was er sagen sollte.

Der Mann schaute auf die leeren Tische im Saal und in die heiße Sonne draußen; er hatte noch den ganzen Samstag vor sich, ohne irgend etwas zu tun zu haben.

„Wissen Sie“, sagte er und richtete die Augen auf den Kellner, „ich fühle mich miserabel, einfach miserabel.“

Frosch im Hals

„Du ahnst nicht, wie glücklich sie sein wird, dich zu sehen, deine kleine Freundin ...", sagte er.

„Ja, meine kleine Freundin ...", wiederholte ich und erinnerte mich an jenen Tag am Strand.

Mein Freund und ich lagen im Sand und unterhielten uns, als sie aus den Wellen auftauchte und auf uns zukam. Sie blieb vor mir stehen in dem winzigen Bikini, von der Sonne gebräunt und naß vom Meer – ein Kind noch, mit bereits weiblichen Rundungen, und genau da passierte es: Sie sah mich mit einer Intensität an, die mein Herz schneller schlagen ließ. Danach formten sich ihre Lippen zu einem Lächeln, das in schelmisches Lachen überging, und glücklich wie ein freies Füllen rannte sie wieder weg ins Meer, tauchte in eine Welle und verschwand am blauen Horizont.

Ich erinnere mich auch an andere Tage, aber gerade jener war von einer rätselhaften Schönheit gewesen, die mir nicht aus dem Kopf ging, während ich jetzt am späten Nachmittag in Ipanema an der Seite meines Freundes herging. Und ich hatte einen Frosch im Hals und Lust, auf halbem Wege kehrtzumachen und nicht hinzugehen. Ich hatte Angst vor dem, was ich antreffen würde. Ich fühlte einen Druck auf meinem Herzen. Ich versuchte, einen Vorwand zu finden, um nicht hinzugehen – aber wir waren schon wieder einen Häuserblock weiter, und ich sah, daß ich wohl doch hingehen würde, es half alles nichts.

Ich weiß, es ist feige, aber ich kann keine Menschen sehen, die Unfälle hatten und Narben behalten. Aber es war nicht nur das; ich dachte: Wird sie sich überhaupt freuen, mich zu sehen? Ich wußte es nicht; vielleicht wäre es ihr lieber, mich gar nicht zu sehen – warum nicht? Ich glaubte, daß die Anziehung zwischen uns nicht verschwunden war – genau: Deshalb wäre es ihr vielleicht lieber, mich nicht zu sehen. Verflixt, ich fühlte mich schlecht mit dieser Geschichte im Kopf. Ich wäre nie dorthingegangen, wenn ich nicht zufällig meinen Freund auf der Straße getroffen hätte; aber jetzt war es unmöglich, nicht hinzugehen, was mir immer klarer wurde, je mehr wir uns dem Gebäude näherten, wo er wohnte.

Das Problem daran ist, daß ich überrumpelt wurde: Noch von der Nachricht geschockt, kam es mir gar nicht in den Sinn, den Besuch auf einen anderen Tag zu verschieben – denn dann wäre ich bestimmt nicht hingegangen. Luciano kam gerade von der Arbeit, als ich ihn traf: Er ging gerade nach Hause und schlug vor, ich solle mitkommen, und zog mich mit, ohne mir Zeit zu lassen, irgend etwas dagegen einzuwenden. Jetzt gingen wir an jenem ausklingenden Nachmittag die Straße entlang. Ich verwirrt schweigend, er aufgedreht wie immer. Ich bewunderte ihn dafür – wie er sich nicht unterkriegen ließ. Auch kam mir der Gedanke, ob dieses Ereignis nicht seinem Hirn zugesetzt habe. Aber nein, eigentlich war er immer so gewesen. Und schließlich war ich es dann ja auch, der auf lächerliche Weise leiden würde.

„Wenn du sie am Tag des Unglücks gesehen hättest, Carmo, du hättest nie geglaubt, daß sie es ist. Niemand glaubte, daß sie das überleben könnte. So, wie sie im Krankenhaus ankam ...“, und er schüttelte untröstlich den Kopf, als ob es gerade erst passiert sei. „Man sah nur diese Unmengen von Blut ... Ehrlich, als ich sie so sah, dachte ich: Nein, unmöglich, sie kann unmöglich noch am Leben sein. Aber sie lebte – überlebte – und lebt immer noch. Mein Lieber“, jetzt sah er mich eindringlich an: „Die Medizin hat Wunder vollbracht, das ist meine einzige Erklärung dafür. Sie am Leben zu erhalten und was die Ärzte sonst noch geschafft haben ... Tatsache ist zwar, daß sie nicht so ganz wiederhergestellt worden ist, aber wäre das überhaupt möglich gewesen? Im Prinzip?“ Er sah mich an, als erwartete er eine Antwort, aber was hätte ich antworten sollen? „Nur wer sie am Tag des Unfalls gesehen hat, kann sich überhaupt ein Urteil erlauben“, fügte er noch hinzu und schüttelte den Kopf: „Wunder, das ist genau das richtige Wort: Wunder ...“

Wir überquerten die Straße und gingen noch einen Häuserblock weiter, ich immer noch schweigend, und er fuhr fort:

„Unglücklicherweise kann sie noch nicht wieder laufen; die Wirbelsäule, weißt du? Die Wirbelsäule wurde verletzt. Aber es besteht immer noch Hoffnung, wirklich. Wir haben alles Erdenkliche ausprobiert, sämtliche Ärzte und Behandlungsmethoden. Bis jetzt noch ohne Erfolg, aber wer weiß ... Nach all dem, wie weit man in der Medizin schon ist ... Bei diesem unglaublichen Tempo, mit dem die Wissenschaft vorankommt ..."

Er hakte sich bei mir unter und lächelte selig:

„Du mußt es dir ansehen, Carmo, du mußt einfach sehen, was für ein Engel sie ist. Diese Würde, mit der sie alles erträgt ... Du kannst dich noch gut an sie erinnern, Carmo? ..."

„Natürlich", antwortete ich mit Nachdruck, der jedoch wegen meiner Nervosität übertrieben klang und ihn offensichtlich ein wenig verstimmte.

„Ach ja", sagte er „dann könntest du ja vielleicht ... Ich muß dich mal was fragen ... Sollen wir einen Cafezinho trinken?", schlug er plötzlich vor, als wir an einer Kaffeebar vorbeikamen.

Ich stimmte zu. Vielleicht ergab sich dann eine Gelegenheit, mich aus dem Staub zu machen. Er häufte Zucker in die Täßchen, ohne zu fragen, ob mir das recht sei.

„Der Kaffee hier ist ausgezeichnet", sagte er „einer der besten von Rio."

Ich nahm einen Schluck und nutzte diesen Moment, mir eine gute Ausrede zu überlegen, um gehen zu können – aber der Moment war schnell vorbei.

„Du wirst Unterschiede feststellen", sagte er.

„Hab ich schon."

„Schon? ..." Er sah mich verständnislos an: „Ich rede von meiner Tochter."

„Ach, ich dachte, du meintest den Kaffee."

„Nein, ich rede von meiner Tochter."

„Ich weiß", sagte ich und schüttelte den Kopf.

„Du wirst Unterschiede feststellen."

Ich nickte.

„Der Unfall hat Spuren hinterlassen, verstehst du?"

Ich nickte.

„Das war nicht anders zu erwarten", sagte er, „es mußte so kommen: Ein Unfall, bei dem zwei Menschen sterben und ein Auto zu Schrott gefahren wird, was kann man da anderes erwarten? Mit dem Leben davonzukommen war schon mehr als genug. Zu wünschen, daß nichts geschehen wäre, oder alles wie vorher weiterliefe ... Das wäre doch ... Ich weiß nicht, hieße das nicht, nicht an Gottes Gnade zu glauben? Gott war schon gütig genug, unsere Tochter überhaupt am Leben zu lassen und ihr diese Heilung zu gönnen. Er war schon gütig genug ... Was meinst du?"

„Klar, keine Frage", antwortete ich.

„Und der Kaffee?"

„Wie, Kaffee? Was meinst du damit?"

„Wie ist er", sagte er.

„Ach", lächelte ich gezwungen, „ich dachte, daß ... Er ist prima, sehr gut."

„Das ist eines der besten Cafés in der Stadt", sagte er irgendwie stolz, als wäre es sein Café oder als wäre er daran beteiligt. (Vielleicht auch nur, weil er im selben Viertel wohnte – oder umgekehrt: weil das Café in demselben Viertel lag, in dem er wohnte.)

„Hast du's gehört?" sagte er zu dem Mädchen – es war hübsch und dunkelbrünett – das gerade die Cafezinhos servierte: „Ich bin einer der besten Werbeleute für euer Café; ich erzähle in der ganzen Welt herum, daß es eines der besten Cafés in der Stadt ist, bald muß ich euch eine Kommission berechnen, oder ihr serviert mir den Cafezinho gratis ..."

Das Mädchen lachte.

„Habt ihr ein besonderes Rezept? ... Beim Rösten des Pulvers oder beim Mahlen ...?

„Nein", antwortete das Mädchen, „wir machen ihn wie alle andern auch, da gibt's kein Geheimnis."

„Und warum sind dann die anderen Kaffeebars nicht so gut?"

„Keine Ahnung."

„Habt ihr eine besondere Sorte?"

„Nein", sagte das Mädchen und lächelte. Sie hatte wunderschöne Zähne.

„Mädel, du willst es mir nur nicht sagen."

„Ich schwöre, nichts Besonderes ..."

„Irgend etwas muß es geben, unmöglich, allein schon dieses Aroma ..." Er hielt mir seine Tasse unter die Nase: „Ist es nicht himmlisch, Carmo?"

„Stimmt."

„Dieser Kaffee ist irgendwie anders, bei Gott, ich weiß nicht, ob es an der Qualität oder an der Zubereitung liegt ... es ist eben so."

Das Mädchen lächelte und servierte einem anderen Gast Orangensaft.

Luciano legte einige Münzen auf den Tresen, sagte „Tschüß" zu dem Mädchen, und wir gingen.

„Ist dieser Kaffee nicht wirklich köstlich, Carmo?"

„Sehr gut", bekräftigte ich.

„Oder fandest du etwa nicht?"

„Doch, hervorragend."

„Ich finde ihn sensationell, kein Zweifel, es ist der beste Kaffee von Rio." Er holte tief Luft: „Ich mag diese Tageszeit, weißt du, Mann, ich liebe diese Stadt ... ich liebe sie einfach ..."

Wir gingen einige Minuten schweigend nebeneinander her.

„Aber siehst du?", fing er wieder an: „Du wirst sehen, sie ist nicht mehr dieselbe, könnte sie gar nicht mehr sein. Es war ein grausamer Unfall, Carmo, das Auto war ein einziger Haufen Schrott. Ihre beiden Kollegen, ein Junge und ein Mädchen ... ach, lassen wir das. Sie hatte unverschämtes Glück. Eigentlich hätten alle drei tot sein müssen. Es war ein Wunder, ein Wunder, daß sie mit dem Leben davonkam, und ein Wunder, was die Ärzte dann vollbracht haben. Aber auch ... Ach, das war es, was ich dir gerade erzählen wollte, ihre Geduld, wirklich unbegreiflich, du. Das mußt du gesehen haben. Ein 15jähriges Mädchen ... Sie hat sich weder aufgelehnt noch sich hängen lassen ... Ich sage dir, das alles durchzustehen, was sie bisher durchgestanden hat, die ganzen Operationen – sie hat die Milz verloren und eine Niere – jede Menge Krankengymnastik, Massagen ...“ Er schüttelte wieder den Kopf: „Unbegreiflich ...“

Er sagte eine Weile nichts.

„Und die Kosten?“, sagte er, „was meinst du, wie teuer das alles war?“

Ich machte eine Miene, als könnte ich es mir nicht vorstellen.

„Rechne mal“, forderte er mich auf.

Ich schaute ihn wieder erstaunt an.

„Kannst du dir vorstellen?“, sagte er, „daß ich es selbst nicht mehr weiß? Eins weiß ich: Sie waren astronomisch hoch, as-tro-no-misch. Junge, nie ist soviel Geld aus meiner Tasche geflossen, eine unfaßbare Summe, unvorstellbar. Aber ich beklage mich nicht, nein, ich will mich nicht beklagen.“ Energisch schüttelte er den Kopf. „Wirklich nicht. Es hat mir nichts ausgemacht, im Gegenteil: Ich habe es gern getan. Sie ist meine Tochter, Carmo! Meine Tochter!“ Er blieb mitten auf dem belebten Bürgersteig stehen, und während ich hilflos umherblickte, wiederholte er mit lauter Stimme: „Was tut man nicht alles für seine Tochter? Oder? Man würde sogar stehlen, wenn es nötig wäre, ich würde sogar stehlen. Du nicht auch, wenn es deine Tochter wäre?“

Ich nickte, obwohl ich weder eine Tochter hatte noch verheiratet war.

„Jeder würde das tun“, sagte er und ging wieder weiter, „jeder“.

Luciano sprach über das Stehlen mit einer Inbrunst, daß mir der Verdacht kam, daß er es getan haben könnte.

„Alles, was ich will, ist das Wohl meiner Tochter, meines geliebten Töchterchens, ich lebe jetzt nur dafür, Carmo, nur dafür. Meine größte Freude ist es, um diese Zeit nach Hause zu kommen, wo sie im Wohnzimmer auf mich wartet, mein hübsches Töchterchen ...“. Er lächelte selig, und ich erinnerte mich wieder an jenen Tag, als das Mädchen mit dem schönen Körper aus dem Meer kam und vor mir stehen blieb und meinen Augen ihre knospenden Reize darbot, um mir dann diesen eindringlichen und unvergeßlichen Blick zuzuwerfen.

„Luciano –“ Ich blieb stehen. Mein Gott, ich fühlte mich schrecklich, ich sollte nicht dahin gehen, ich durfte es nicht.

„Was ist los?“, fragte er überrascht.

„Meinst du nicht auch, daß es keine gute Zeit für einen Besuch ist? Du willst sicher duschen, zu Abend essen ... Ich komme morgen vorbei.“

„Morgen ...“ Er legte seinen Arm um mich und zog mich weiter. Luciano war nicht nur dick, sondern riesig, doppelt so groß wie ich. „Jetzt, wo wir schon beinahe da sind ... Immer voller Skrupel, was? Du wirst überhaupt nicht stören: Ich dusche, bevor ich schlafen gehe, und erst gegen acht Uhr esse ich zu Abend, wenn Nilza kommt. Du störst überhaupt nicht. Außerdem sind wir fast da: Es ist gleich da drüben, im nächsten Block. Na, das wird aber eine Überraschung sein, wenn Tininha dich sieht ... nach drei Jahren ... Du Schlingel, für eine Postkarte hin und wieder hat es bei dir wohl nie gereicht, was?“ Er drückte mich an sich, ich lächelte gezwungen.

„Da sind wir“, sagte er, und mein Herz rutschte mir in die Hose.

Wir betraten das Gebäude und stiegen die Treppe in den dritten Stock hoch.

„Das wird vielleicht eine Überraschung“, sagte er noch einmal und lächelte. Er schloß die Tür auf: In der Mitte des Raumes saß eine junge Frau in einem Rollstuhl.

„Hallo, mein Kleines!“ sagte Luciano.

Ja, das war sie, Tininha – sie hatte ich zum letzten Mal vor drei Jahren gesehen. An jenem Tag war sie aus den Wellen aufgetaucht und blieb vor mir in ihrem winzigen Bikini stehengeblieben, gebräunt von der Sonne und naß vom Meer. Es war dieselbe, die dort mitten im Zimmer im Rollstuhl saß und mich mit Befremden und Neugier ansah, während ich sie vom Eingang aus ebenfalls ansah und hoffte, daß sie mich wiedererkennen würde.

„Kennst du ihn nicht mehr, Töchterchen? ...“, sagte Luciano laut. „Es ist Carmo.“

Ein scheues Lächeln überflog ihr Gesicht, das sich rötete.

Ich ging hin und reichte ihr meine Hand. Unter Schwierigkeiten gab sie mir ihre linke Hand; ich bemerkte, daß die rechte, die sie zu verbergen suchte, verkrüppelt war.

„Hallo, Tininha", sagte ich und murmelte fast, „alles in Ordnung?"

„Ihr Gehör hat gelitten", erklärte mir Luciano, der hinter mir stand, „du kannst lauter sprechen."

Ich wollte laut wiederholen, „Alles in Ordnung?", aber ich konnte mich noch rechtzeitig beherrschen. Anstatt zu reden, ergriff ich einfach ihre Hand, wir blickten einander unverwandt an, und ich versuchte, in meinen Blick einen Hauch unbefangener Zärtlichkeit zu legen, ohne eine Spur von Entsetzen oder Mitleid. Ich schüttelte leicht ihre Hand und ließ sie wieder los.

„Na, ist das eine Überraschung?", fragte Luciano und schrie fast, und ich dachte, er muß doch nicht so laut sprechen, so fühlt sie sich ja noch tauber, als sie mir tatsächlich zu sein schien.

„Du hast ihn nicht wiedererkannt, oder?", schrie er weiter, immer noch fröhlich, und scheu nickte sie zustimmend.

Zufällig bemerkte ich, daß ihre Füße in weißen Strümpfen steckten; sie baumelten wie die einer Stoffpuppe weich und bewegungslos herab, die Beine schien sie überhaupt nicht mehr bewegen zu können. Mit einem Anflug von schlechtem Gewissen betrachtete ich auch ihre Brüste, die sich unter der dünnen Bluse abzeichneten: Gut gewachsen, üppig – sie mußten wunderbar sein. Ihre Brüste waren einfach da, stolz und herausfordernd, gleichgültig gegenüber dem ruinierten, gelähmten Körper, als ob sie nicht zu ihm gehörten, jung und frech, sicherlich begierig darauf, berührt, geküßt, liebkost zu werden. Aggressiv drückten sie gegen den Stoff, wie um aus dem Gefängnis auszubrechen, zu dem der Körper sie verdammte. Sie leidet, ahnte ich in diesem Augenblick, sie mußte viel mehr leiden, als ich es mir ausgemalt oder ihr Vater es sich vorgestellt hatte.

„Setzen wir uns", sagte Luciano und deutete auf das Sofa.

„Nein, Luciano, ich wollte einfach nur mal vorbeischauen, um Tininha hallo zu sagen ..." Ich lächelte ihr zu, sie lächelte zurück, vielleicht ohne zu verstehen, was ich sagte.

Lächeln: Das war das einzige, was wir taten: lächeln. Aber vielleicht konnten wir auch nichts anderes tun, denn ich konnte nichts zu ihr sagen, und sie auch nichts zu mir. Wir sprachen mit den Augen – ein verschleierter Dialog, etwas, das wehtat und unheilbar pulsierte.

„Vielleicht komme ich übermorgen mal vorbei", sagte ich zu Luciano. „Ich rufe dich im Büro an."

„Du könntest zum Abendessen hierbleiben", protestierte er, geradezu entsetzt über die Kürze meines Besuchs.

„Vielleicht, wenn ich wiederkomme", sagte ich, „wir machen noch was aus."

Ich hatte nicht die Absicht wiederzukommen, geschweige denn, bei ihm zu Abend zu essen – ich fühlte mich außerstande.

Aber Luciano verstand das nicht, nein, konnte er auch nicht, er begriff gar nichts. War es vielleicht so, daß er den Dingen nicht ins Auge sehen wollte, konnte es das sein?

„Übermorgen kommt er wieder und ißt mit uns zu abend!", erklärte Luciano seiner Tochter.

Sie sah mich an. Sie machte ein fröhliches Gesicht, aber ich glaube nicht, daß ich sie täuschte: Sie mußte die Wahrheit in meinen Augen gelesen haben. Sie schwieg, aber die Art, wie sie mich ansah, als ich ihre Hand wieder in meine Hände nahm, war die eines Menschen, der einen anderen mit dem Wissen ansieht, ihn vielleicht nicht wiederzusehen, vielleicht nie mehr. Doch ich glaube nicht einmal, daß sie das traurig machte: In ihrem Blick las ich keine Trauer, sondern eher ein Sich-Entfernen und ein Wegsacken, wie bei einer Ohnmacht.

Ich stieg die Treppe hinunter, trat auf die Straße hinaus und ging zurück. Es war Hauptverkehrszeit, und ich ließ den Lärm der Motoren und das Hupen in meine Ohren dringen und meinen Kopf ganz davon ausfüllen. Es hinderte mich daran, irgendeinen Gedanken zu fassen.

Gott weiß, was er tut

Gott weiß, was er tut, und so kam das Kind blind zur Welt, aber Gott weiß, was er tut, und es wuchs stark und gesund heran, hatte weder Keuchhusten noch Bronchitis wie die anderen Kinder – der älteste Sohn hing mit etwas über zwanzig Jahren schon an der Schnapsflasche, beging ein Verbrechen und landete im Gefängnis; das Mädchen wuchs heran, wurde eine Frau, heiratete, hinterging den Ehemann, trennte sich, wurde Prostituierte; der blinde Junge hatte ein gutes Gehör, lernte Gitarre und mit fünfzehn spielte er schon wie kein anderer, ein wahrer Künstler, denn Gott weiß, was er tut, und es gibt für alles auf dieser Welt einen Ausgleich – und so kam es, daß, während der Bruder im Gefängnis und die Schwester im Bordell saßen, der Blinde mit der Zeit zu Ruhm und Geld kam durch seine Gitarre und sein Gehör, das dem jedes normalen Sterblichen überlegen war, und seine Eltern, die arm waren und mitunter nicht einmal genug zu essen hatten, inzwischen genug Geld besaßen, um sich den Luxus eines Radios zu leisten, aus dem sie das, aus der Nachbarstadt übertragene Programm vom „Mozart der Gitarre“ vernahmen, wie ihn der Kapellmeister der örtlichen Musikgruppe getauft hatte, der, kaum hatte er den Jungen kennengelernt, sein Impresario wurde, die Musikgruppe verließ, um das größte Gitarrengenie aller Zeiten nach allen vier Himmelsrichtungen bekannt zu machen, bis er sich eines Tages mit den Konzertgagen nach allen vier Himmelsrichtungen absetzte, aber Gott weiß, was er tut, und hatte auch der Impresario das Weite gesucht, so verliebte sich doch ein schönes Mädchen in den Jungen, versprach ihm Glück für den Rest des Lebens, und während die beiden glücklich verheiratet in einem bescheidenen Häuschen lebten, alterte die ehemals makellose und schöne Schwester vorzeitig im Bordell, und der ehemals makellose und bildschöne Bruder kam aus dem Gefängnis, fand keine Arbeit und lebte so vor sich hin, bis er die Frau des Blinden kennenlernte und sich über beide Ohren in sie verliebte: Der Blinde spielte irrsinnig laut, um die Küsse der beiden im Zimmer nicht hören zu müssen – bis daß die Saiten zersprangen, bis daß er mit einem Schuß sein Gehör zersprengte.

Totenwache

Erst am Nachmittag erfuhr ich von Valicos Tod. Auf der Arbeit erzählten sie mir, daß er am Morgen gestorben sei. Ich bat um Dienstbefreiung beim Chef und ging hin. Es waren schon viele Leute da, die meisten davon kannte ich. Nego Branco, Lolô und Penca waren schon da. Bastião und Nassim kamen später.

Valico lag aufgebahrt auf dem Tisch. Der Arme. Ein Busenfreund. Also, ein so erstklassiger Spieler wie er mußte erst wieder geboren werden. Ich würde ihn bei den sonntäglichen Partien vermissen, ganz tief drinnen. Als ich sie in den Arm nahm, weinte Dona Laura heftig.

„Ihm lag so viel an deiner Freundschaft, Nestor ... Er war ein so guter Mensch ... Er ist zu früh gestorben ... Er hätte ... noch nicht sterben dürfen ..."

Die Arme. Sie würde ihn sehr vermissen, er war ihr Ehemann, nicht nur das, er war verständnisvoll und fleißig gewesen.

Das Wohnzimmer war brechend voll, und ich ging nach draußen, wo die Mannschaft sich aufhielt.

„Ja, dann, hm, der Valico ...", sagte ich.

„Ja ...", erwiderten sie.

„Wir haben einen Freund verloren", sagte ich.

„Einen guten Freund", erwiderte Nego Branco.

„Unseren besten Freund", meinte Penca.

„Ich werde ihn vermissen", sagte ich.

„Wir alle", meinte Nego Branco.

„Wir alle", wiederholte Penca.

„Es ist heute früh passiert, oder?" fragte ich.

„Es ist heute morgen passiert."

„Ja, dann, hm, nur ..."

„Ja …"

„Ein starker Typ wie Valico ….", meinte Nego Branco.

„Genau", antwortete ich.

„Ehrlich", sagte Penca.

„Fleißig", ergänzte Lolô.

„Ein Mann, wie man ihn heute selten trifft", sagte Nego Branco.

„Selten?", erwiderte Penca. „"Wenn du so einen findest, halte ich sogar meinen Arsch hin."

„Wißt ihr was?", sagte Lolô, „so einen kriegen wir nicht wieder."

„Wirklich nicht", erwiderte Nego.

„Schade", sagte ich.

„Einfach nicht zu ersetzen", sagte Lolô.

Dann kam Bastião. Auch er hatte die Nachricht erst am Nachmittag erhalten.

„Das ist ja ein Ding, hm, ausgerechnet Valico …"

„Allerdings …"

„Der Valico …"

„Ja …"

„Gestern war ich sogar noch hier, und wir haben zusammen Cafezinho getrunken … So was …"

„Ja …"

Die Beerdigung sollte um fünf Uhr sein. Es war schon vier, aber der Sarg war noch nicht angekommen. Die Familie wurde unruhig. Nadir, eine von Valicos Schwestern, kam und sprach mit uns darüber. Penca und ich erklärten uns bereit, die Sache in die Hand zu nehmen. Wir telefonierten mit dem Bestattungsunternehmen, und man stelle sich nur einmal vor: Die sagten einfach, der Sarg sei wegen eines Mißverständnisses nicht fertig geworden. Ein schlechter Witz. Sie entschuldigten sich tausendmal, aber es sei kein Problem, sie hätten einige vorrätig, einer wäre vielleicht in Modell und Größe passend. Mit dem Modell hatten wir keine Probleme, denn wenn es hart auf hart käme, wäre jedes gut genug, das Problem aber war die Größe: Valico war massig, ein Riese, wir brauchten eine Sonderanfertigung. Penca erklärte ihnen alles und hielt ihnen eine Standpauke; sie entschuldigten sich tausendmal und erklärten, sie würden noch einmal zum Aufmessen kommen, und spätestens eine halbe Stunde später sei der Sarg dann fertig.

Als der Typ kam, hielten wir ihm noch einmal eine Standpauke: Wo es denn so was schon gegeben habe? Welche Schande, welche Respektlosigkeit das überhaupt dem Toten und seiner Familie gegenüber sei? Wir ließen nicht locker. Der Typ wurde ganz unsicher und gab sein Ehrenwort, den Sarg pünktlich in einer halben Stunde fertig zu haben.

Die halbe Stunde verging und nichts passierte. Diesmal ging ich ans Telefon. Der Typ sagte, es habe eine kleine Verzögerung gegeben, weil er das Material von was-weiß-ich-woher habe holen müssen, und entschuldigte sich wieder. Ich gab ihm zu verstehen, daß wir den Sarg persönlich abholen kämen, wenn er nicht binnen einer Viertelstunde hier sei. Ich machte ihm klar, daß ich ziemlich sauer war.

Inzwischen herrschte im Haus eine allgemeine Unruhe, wie es auch nicht anders zu erwarten war. „Was ist los? ...", tuschelten die Leute in allen Ecken. „Wurde die Beerdigung verschoben? Wo ist der Sarg?" Der Tote lag immer noch steif auf dem Tisch, und von dem Sarg fehlte jede Spur. Es war beinahe sechs Uhr: Wir hatten jetzt eine Stunde Verspätung. Wieder zum Telefon: besetzt. Wir wählten wieder: besetzt, besetzt, besetzt.

„Wer weiß, vielleicht wollen Sie uns verschaukeln", sagte Penca. „Wahrscheinlich sind sie immer noch nicht fertig und haben den Hörer neben das Telefon gelegt, damit wir nicht anrufen können."

Das konnte stimmen. Wir beratschlagten mit den anderen, um zu klären, was zu tun sei. Lolô schlug vor, daß wir die Angelegenheit dann eben mit Gewalt regeln sollten. In diesem Moment traf Nassim ein. Wir erzählten ihm die Geschichte.

„Ich bin zu allem bereit."

Nego Branco sagte:

„Gut, gehen wir hin, und dann? Der Sarg? Wenn sie ihn noch nicht fertig haben, wer soll ihn dann bauen?"

Nego Branco ist sehr ausgeglichen, wir hören immer auf das, was er sagt.

„Genau“, sagte ich.

„Ihr verharmlost die Sache“, sagte Penca. „In so einem Fall überlegt ihr noch, was wir tun sollen? Da hilft nur noch die Faust.“

„Ich bin zu allem bereit.“

„Ruhe, Leute, laßt uns besonnen vorgehen, in so einem Moment muß man Ruhe bewahren und darf nichts überstürzen“, sagte Nego. „Laßt uns die Angelegenheit in aller Ruhe regeln; von einigen Minuten Verspätung geht die Welt nicht unter. Wer schon eine Stunde gewartet hat, kann auch noch etwas länger warten. Ich meine, wir sollten hierbleiben und warten, vielleicht sind sie schon unterwegs mit dem Sarg?“

„Schon möglich ...“, sagte Penca. „Aber diese Typen? So wie die drauf sind? Ich würde mich nicht wundern, wenn sie mit dem verflixten Sarg noch gar nicht angefangen haben. Ich würde mich ehrlich nicht wundern ...“

„Ich denke auch, wir sollten warten“, erklärte Bastião. „Was bringt es, wenn wir da hingehen und streiten? Was nützt das?“

„Du hast nur Angst, Bastião“, sagte Penca.

„Angst, ich?“

Nego: „Penca, es ist wirklich die Frage, ob es etwas bringt, einen Streit vom Zaun zu brechen, das macht das Ganze nur noch schlimmer. Wenn es noch ein anderes Bestattungsunternehmen hier gäbe, okay, aber wir haben nur das eine, woher sollten wir einen anderen Sarg denn nehmen?“

„Aber es ist eine Frechheit, Nego!“

„Stimmt, es ist eine Frechheit, du hast recht. Eine Unverschämtheit gegenüber dem Angedenken unseres Freundes, gegenüber der Familie und natürlich auch uns gegenüber, zweifellos eine Frechheit, aber was sollen wir machen? Streit bringt gar nichts.“

„Streiten können wir uns immer noch“, ergänzte Nassim, der Türke.

Die Idee von diesem Türken war insofern gut, als sie Penca ruhigstellte und wir dann beschlossen zu warten. Die Familie des Toten stimmte zu, war mit allem einverstanden, alle waren schon am Ende, unfähig, Entscheidungen zu überdenken oder zu treffen.

Uns fiel ein, daß wir beim Friedhof anrufen sollten, um zu erklären, warum wir noch nicht gekommen waren. Vorher versuchten wir noch einmal, das Bestattungsinstitut zu erreichen: immer noch besetzt. Diese Saukerle, sie schienen uns wirklich verschaukeln zu wollen. Der Mann vom Friedhof fluchte: Sie würden jetzt weggehen, und überhaupt sei es verantwortungslos, sie die ganze Zeit über warten zu lassen, ohne Bescheid zu sagen. Ich entschuldigte mich und erklärte, in solchen Augenblicken vergesse man alles, er müsse doch selber wissen, wie das sei. Verantwortungslosigkeit sei das, wiederholte der Typ, genauso stur wie blöd. Er hatte natürlich irgendwie recht, aber war das ein Grund, so auszurasten und Gott und Teufel zu verfluchen? Als ich sagte, warum wir so spät dran seien, wurde er wirklich ausfallend:

„Mein Herr, fällt Ihnen keine bessere Entschuldigung ein? Die zieht nämlich überhaupt nicht."

„Sie können vorbeikommen und sich überzeugen, wenn Sie es nicht glauben."

„Ich soll zu Ihnen kommen? Das kannst du dem Totenschädel erzählen, mein Junge, aber nicht mir."

Das mit dem Totenschädel war ehrlich ein guter Witz, na klar – Totengräberwitze können ja nur zum Totlachen sein (auch ein guter Witz, oder?). Ich bemühte mich, alles weiterhin ganz locker zu nehmen, sonst würde alles nur noch komplizierter.

„Wir beerdigen niemand mehr, wenn es dunkel ist", sagte er. Ich bat um nur eine halbe Stunde, er bestand auf fünfzehn Minuten. Aber ich blieb hartnäckig:

„Bis wir aus dem Haus sind, an der Kirche vorbei ..."

„Okay, eine halbe Stunde und keine Minute länger, keine einzige, ist das klar?", bellte er im Ton eines Batallionskommandanten. Ich hatte Lust, seinen Totenschädeln Grüße zu bestellen, riß mich dann aber gerade noch zusammen, um nicht alles zu vermasseln.

Ich war schon ziemlich genervt.

„Verdammt, diese Beerdigung hat's in sich", sagte ich. „Wenn das so weitergeht, können wir Valico gleich hier im Garten einbuddeln."

„Das Verflixte an der Sache ist seine Größe", sagte Lolô. „Sonst könnten wir einen der fertigen Särge nehmen, dann wär das Problem gelöst, aber er ist fast zwei Meter lang, der Sarg muß groß sein, verdammt, habt ihr schon mal einen so großen Toten gesehen? Ich noch nie. Bin ich froh, daß ich klein bin. Ein kleiner Mensch hat keine Probleme, aber ein Riese hat sogar noch Probleme nach seinem Tod. Zum Teufel noch mal, wäre er nicht so riesig, läge er jetzt schon ruhig unter der Erde, alles wäre in Butter, und wir wären schon zu Hause. Ich bin todmüde, habe heute wie ein Ackergaul geschuftet, dieser Job bringt mich noch um, irre, diese Schufterei von heute. Sie könnten uns jetzt wenigstens mal einen Cafezinho bringen, es ist ja nicht leicht, die ganze Zeit über hier zu warten, das macht müde, vor allem bei diesem ganzen Theater: Will man mit jemandem telefonieren, ist besetzt, telefoniert man mit dem anderen, bekommt man einen Anschiß; wie hat der Typ dich doch gleich angemacht, Nestor?"

„Er hat mich nicht angemacht, verflixt."

„Bei dir ist wohl eine Sicherung durchgebrannt, oder?"

„Du wirst unausstehlich, einfach unausstehlich", bemerkte Penca.

„Wir wollen uns doch hier nicht streiten, oder?"

Nego: „Wir haben allen Grund, uns zu ärgern, aber wir werden nicht den Kopf verlieren, schließlich rechnet die Familie des Toten mit unserer Hilfe. Wir werden unsere Sache ordentlich machen, es macht sich überhaupt nicht gut, wenn wir uns hier blamieren ..."

„Wieso blamieren?" erwiderte ich, „Wer blamiert sich? Kannst du nicht mal lauter sprechen?"

„Hol' uns doch mal einen Kaffee", sagte Nassim.

Ich ging los, um Kaffee zu bestellen. Wir hielten uns im hinteren Teil des Hauses auf, und ich mußte durch das Wohnzimmer. Es waren nur noch wenige Leute da, die meisten hatten sich, müde vom Warten, entschuldigt und waren gegangen. Einige hatten gesagt, sie kämen bald zurück. Überall leere Stühle. Die Blumen waren inzwischen welk. Man hatte gerade einige frische dazugestellt, was aber nur hervorhob, daß die anderen welk waren. Die Kerzen waren bereits niedergebrannt, man konnte keine mehr kaufen gehen, denn die Geschäfte waren schon geschlossen. Eine von Valicos Tanten, eine alte Frau, war eingeschlummert. Im Vorbeigehen stieß ich sie aus Versehen an. Sie schreckte hoch, richtete sich auf dem Stuhl auf und sagte: „Ist es schon Zeit zum Aufstehen?" Das war gut gesagt. Keiner weinte mehr, die Schwestern waren in den Sesseln versunken, eine müder als die andere. Ich schaute nicht in Valicos Gesicht, aber ich stellte mir vor, daß auch er schon müde aussehen müßte: „Verdammt, wollen die mich denn gar nicht beerdigen?", so etwas dachte er sicher im Stillen. Wenn der Sarg noch lange auf sich warten ließe, wären schließlich alle eingeschlafen; man mußte kein Genie sein, um das vorherzusehen. Kaffee würde hier auch nicht mehr helfen. Hier gab es nur eins: Beerdigung oder Bett.

Ich bestellte den Kaffee in der Küche und ging zurück. Ich erzählte, wie es den Leuten im Wohnzimmer ging. Wir berieten die Lage hin und her. Die halbe Stunde Frist, die der Typ vom Friedhof uns gegeben hatte, verstrich, und es wurde dunkel. Alle waren wir jetzt müde, keiner außer Nassim wollte noch streiten. Wir beschlossen, noch eine halbe Stunde zu warten, bis es ganz dunkel war. Es war Sommerzeit und um sieben Uhr noch hell genug, einen Toten zu beerdigen; wir verständigten den Haudegen vom Friedhof. Diesmal wollte ich nicht telefonieren, Nego Branco übernahm das. Niedergeschlagen kam er zurück:

„Die sind schon gegangen, es war nur noch einer da, und der sagte, daß es jetzt erst morgen früh wieder geht ..."

„Hundebande!", sagte Lolô.

„Und jetzt?", fragte Bastião.

„Jetzt?", sagte Lolô. „Jetzt gehen wir, und die Beerdigung und der Tote zum Teufel, mir reicht's!"

Er drehte sich um und ging tatsächlich. Keiner versuchte, ihn zu halten, schließlich hätten wir alle gern dasselbe getan.

„Und wir? Worauf warten wir?" fragte Penca.

„Wenn du gehen willst, geh' doch auch, Penca, niemand hält dich auf", antwortete Nego.

„Und die anderen?“ sagte ich. „Wir gehen weg und lassen die Verwandten so zurück? Was sollen wir ihnen denn später sagen? Wir sind auch nicht müder als sie; ich finde, es wäre feige, wenn ...“

„Wer hat ihnen denn diese Panne mit dem Sarg beschert?“, fragte Penca.

„Das ist nicht ihre Schuld“, antwortete ich.

„Meine ist es auch nicht.“

„Wenn du gehen willst, dann geh’, Penca.“

„Ich brauche keinen, der mir was sagt, klar?“

Mitten in diesem Schlagabtausch sagte Nego Branco: „Ich sage ihnen, daß die Beerdigung erst morgen früh stattfindet und daß sie schlafen gehen können, weil ich im Wohnzimmer Totenwache halte und auf den Sarg warte.“

So sprach er und ging dann ins Wohnzimmer. Wir hörten auf zu diskutieren und blieben zu viert schweigend zurück: Bastião, Penca, Nassim und ich. Bis Bastião sagte:

„Jetzt geht es nicht mehr um die Familie des Toten, sondern um Nego, es wäre eine Gemeinheit, wenn wir ihn die ganze Nacht dort alleine ließen, ich jedenfalls werde bei ihm bleiben.“

Er ging ebenfalls ins Wohnzimmer.

„Mist!“, schrie Penca. „Ihr wollt es doch nur miteinander treiben, wie alle!“

„Dann treibe ich es auch“, sagte ich und folgte Bastião ins Wohnzimmer.

„Ihr Schwulen, Schwuchteln!“ schimpfte Penca.

Fünf Minuten später tauchte er mit Nassim im Wohnzimmer auf, sie setzten sich, und zu fünft verharrten wir schweigend dort, während die Leute in den Zimmern schliefen; einige schnarchten. Dona Laura war schwer zu überzeugen, aber wir brachten sie mit einer List zu Bett. Wir logen, daß es nur für eine kurze Weile sei und daß wir sie gleich wecken würden, sie sollte sich ja nur ein wenig ausruhen. Aber in ihrer Verfassung, vollgepumpt mit Beruhigungsmitteln, war klar, daß wir sie nur ins Bett zu legen brauchten und sie die Augen nicht so bald wieder öffnen würde.

Nachdem wir lange gewartet hatten, brachte das Hausmädchen

den Kaffee, stellte ihn auf einem Tisch im Wohnzimmer ab und verabschiedete sich nach Hause. Kurz darauf kam der Sarg. Zwei Kerle brachten ihn und entschuldigten sich sofort, noch bevor wir den Mund aufgemacht hatten.

„Schon gut, schon gut", sagte Penca. „Jetzt seid ihr dran. Legt den Mann in den Sarg und so weiter, das ist schließlich nicht unser Ding."

Sie legten ihn hinein, arrangierten alles und entschuldigten sich nochmals.

„Schon gut, schon gut. Bis bald."

Die Kerzen waren niedergebrannt, die Blumen schlaff. Anfangs schaute die Gruppe noch auf den Toten, was normal war, dann hatten es alle satt: Man kann sogar des Anblicks eines Toten überdrüssig werden, wenn man zu lange hinschaut. Jeder suchte sich etwas, um irgendwie die Zeit zu vertreiben. Bastião drückte sich in einen Sessel und schlummerte ein. Nego stierte auf ein Bild mit kleinen Vögeln an der Wand und wandte den Blick nicht mehr ab. Wenn es wenigstens eine nackte Frau gewesen wäre, aber kleine Vögel? Nassim las in einer Zeitung, die er in einer Ecke gefunden hatte. Penca lief im Wohnzimmer auf und ab, blieb schließlich neben dem Sarg stehen und schaute eine Weile hin.

„Verdammt, Valico ist so häßlich, das hält ja keiner aus. Ob ich auch so aussehe, wenn ich tot bin? Häßlich wie die Nacht ist er, und da soll er auch hin, schaut nur, wie wütend er aussieht ..."

„Wahrscheinlich wegen der Beerdigung", sagte ich.

Dann und wann kam ein Besucher vorbei:

„Huch, ist er immer noch hier?"

„Er" war der Tote. Wir mußten alles erklären, eigentlich hatte nur Nego Branco Geduld dazu: Jedem, der vorbeikam, erklärte er alles von vorn.

Nassim machte sich auf dem Sofa lang und legte die Zeitung auf sein Gesicht.

„Gleich sind hier alle eingeschlafen", sagte Penca. „Kein Wunder, wer kann bei einer so endlosen Langeweile schon wach bleiben?"

Nego Branco starrte auf die kleinen Vögel. Ich ging hin und sah mir das Bild ebenfalls etwas näher an. Ich konnte nichts Besonderes entdecken.

„Was siehst du in diesen kleinen Vögeln, Nego?", fragte ich.

„Welchen kleinen Vögeln?"

„Wie, welchen kleinen Vögeln? ... Die vor deiner Nase."

„Oh, die hab' ich gar nicht gesehen, ganz schön, doch ..."

Das konnte doch nicht wahr sein.

„Du hast sie nicht gesehen? Willst du damit sagen, daß du nicht auf dieses Bild geguckt hast?"

„Ich? Nein, erst jetzt, wo du es sagst, sehe ich es."

„Wohin guckst du denn die ganze Zeit?"

„Gucken? Ich weiß nicht, Mann, einfach so in die Luft ..."

Durchgedreht. Nego ist durchgedreht, ich bin ganz sicher. Sogar Penca kam, um zu gucken.

„Was streitet ihr euch, etwa um diese kleinen Vögel? Was ist denn daran Besonderes? Das hier ist ein Bentevi, den kenne ich, als Junge habe ich viele davon erledigt, den anderen kenne ich nicht ..."

„Ist es nicht eine Prälat-Tangare?", fragte ich.

„Prälat-Tangare? Ach du meine Güte, du hast ja nicht die geringste Ahnung von Vögeln, der sieht überhaupt nicht aus wie eine Prälat-Tangare", machte er sich lustig über mich.

„Ich habe Jogo do bicho gespielt", sagte ich.

„Da wir schon über Jogo do bicho reden, warum spielen wir nicht eine Partie, hm? Einfach so, um uns die Zeit zu vertreiben, eine Partie Rommé oder etwas anderes. Wie es aussieht, werden wir das nicht durchstehen, demnächst werden hier alle schnarchen, zwei sind schon dabei; der türkische Mistkerl hat sich schon hingeflegelt und schnarcht wie ein Schwein, man hat nicht übel Lust, ihm mit der Faust eine in den Bauch zu verpassen. Nur eine kleine Partie, damit die Zeit vergeht. Hm, Nego, was meinst du? ..."

Nego dachte kurz nach.

„Ja ..."

„Eine kleine Partie oder auch zwei, drei. Überleg mal: Wir müssen hier bis morgen früh durchhalten, meinst du, daß wir das schaffen? Ich jedenfalls schaffe das nicht, ganz sicher nicht; bald liege ich hier flach, und wenn es auf dem Boden ist. Diese Erschöpfung und Müdigkeit halte ich nicht mehr aus, du etwa, Nestor?"

„Ich glaube, das ist eine gute Idee", sagte ich. „Wir gehen rüber ins Eßzimmer an den Tisch, wo wir immer spielen ..."

„Genau ...", sagte Nego. „Machen wir ... Aber wo sind die Karten?"

„Na da, wo sie immer sind, in der Schublade, ich geh mal nachsehen ..." Penca ging hin. „Eins ist hier ... Nur eins, das andere ..."

„Wir spielen *sete e meio*", sagte ich.

Und als Einsatz?

„Bohnen aus der Küche, die muß nur einer holen."

Eine Minute später war alles bereit. Ich rief Bastião; er verdrehte die Augen:

„Ist es schon soweit?"

„Wir spielen eine Runde *sete e meio*, steh jetzt auf."

Er war gerade aufgewacht. Bei Nassim hatte es keinen Zweck. Er schmatzte, teilte im Schlaf Knuffe und Tritte aus. Ich habe schon viele Leute schlafen sehen, aber wie diesen Türken ... Wir ließen ihn schnarchen und gingen hinüber ins Eßzimmer. Es war schon zehn Uhr, jetzt kam keiner mehr, und wir schlossen die Tür des Wohnzimmers ab. Damit niemand sehen konnte, daß noch Leute da waren, machten wir das Licht im Wohnzimmer aus, und Nassim blieb mit dem Toten im Dunkeln zurück, jeder schlief so seinen Schlaf.

Zwanzig Bohnen für jeden, eine Bohne war hundert Cruzeiros wert. Nego fing mit der Spielbank an, aber er packte es nicht; er kam nicht mal bis zur zweiten Runde. Bastião konnte mit der Spielbank nicht umgehen; anstatt besser zu werden, wurde es nur noch schlimmer für ihn, er zog eine Karte nach der anderen und brachte das Spiel zum Ende, der Dummkopf. Er verlor die Spielbank bald, und das brachte ihm Glück, denn dann konnte er bei Null anfangen, hatte jetzt aber nur noch fünf Bohnen. Er war nicht hinterlistig und sagte, für ihn sei es Sport, um sich die Zeit zu vertreiben, es sei ihm nicht wichtig, ob er gewinne oder verliere. Das konnte stimmen, denn von der Mannschaft war er derjenige mit dem meisten Geld. Unsere Spieleinsätze sind sowieso nicht hoch, weil alle immer knapp bei Kasse sind. Dann ging die Spielbank an Penca. Er ist das genaue Gegenteil von Bastião: Sogar ohne Spielbank ist er gut, nicht nur gut, sondern spitze. Und wenn er dann erst die Bank hat, ist er ein richtiges As.

„Hey, Leute, zieht euch warm an, jetzt geht es richtig los!“ Er machte alle fertig, sein Bohnenhaufen wuchs ständig, und unsere schrumpften. Als erster hatte Bastião alles verloren und bat um eine Leihgabe von zehn Bohnen. Es ist schrecklich, mit Bastião zu spielen, wenn er anfängt zu verlieren, kratzt er sich wie blöde am Kopf, so daß innerhalb kurzer Zeit der ganze Tisch voller Schuppen ist, ekelhaft. Überall liegen Schuppen herum, wenn es einen Sturm gäbe, würden sie wie Staub aufwirbeln. Ekelhaft, und er merkt es nicht einmal. Ich sage nichts, weil er es ungezogen finden könnte, es ist ja schließlich nicht zum Lachen, den anderen scheint gar nichts aufzufallen, aber ich sterbe vor Ekel. Gott helfe mir, wenn er einen guten Einsatz verliert, wird er zur Plage: Er faßt sich an den Kopf, und egal, wo er kratzt, fällt dann dieser Regen. Solche Schuppen müssen krankhaft sein, das ist nicht normal. Wie oft er sich im Monat wohl die Haare wäscht? Ob ihm seine Frau nicht mal was sagt? Ich kenne sie nicht, aber eine Frau, die sich nicht über die Schuppen ihres Mannes aufregt, kann man vergessen. Oder es ist so, daß sie was sagt, und er sich nicht drum schert, er ist eben seltsam. Eigentlich ist er sogar der seltsamste Typ, den ich kenne, so ganz anders.

Gegen elf Uhr war der Spielstand mehr oder weniger gleich, keiner hatte viel verloren oder gewonnen. Wir bekamen allerdings Hunger. Wir hatten nur einige Mortadellabrote gegessen, die man in diesem Durcheinander für uns zubereitet hatte, und da das Haus von Valico weit von unseren Häusern entfernt lag, war niemand nach Hause gegangen, um richtig zu Abend zu essen: Die Brote waren ein Behelf gewesen, aber jetzt drückte der Hunger. Ich verließ die Runde und sah nach, ob ich im Kühlschrank etwas Eßbares finden könne. Es gab noch ein großes Stück Mortadella und Schnittkäse, dazu zwei Flaschen Brahma-Bier und eine angebrochene Schnapsflasche; ich erstatte den Leuten Bericht.

„Immer her damit", sagte Penca, „Papa hat Hunger und Durst."

„Ob sie das noch brauchen?", fragte ich.

Penca: „Wozu sollten sie das noch brauchen? Zum Teufel, wir tun den Leuten hier einen Gefallen und sollen dabei verhungern? Nichts da, bring mal her."

Ich spießte Stückchen von Mortadella und Käse auf, holte Gläser aus dem Schrank und stellte alles, auch den Schnaps und die zwei Flaschen Brahma, auf den Tisch. Das Spiel wurde wieder lebhafter. Bastião war nach zwei Schluck Schnaps besoffen wie eine Kuh und setzte immer mindestens fünf Bohnen ein und verflixt noch mal, er gewann auch noch. Das konnte nur sein Schutzengel gewesen sein, denn er wußte gar nicht mehr, was er tat, so besoffen war er.

„Habe ich gewonnen? ..." fragte er und hielt die Augen nur mit Mühe offen. Penca war stinksauer, gab keine Antwort und schob ihm die Bohnen hin. Nur besoffen konnte er gewinnen. Aber ich war auch schon etwas angenebelt. Zum Kotzen, der Kerl kann nicht mal richtig spielen, und kaum ist er besoffen, legt er los und gewinnt?

„Scheiße", schimpfte Penca.

Irgendwann bemerkte ich einen üblen Geruch und fragte welches Arschloch einen gelassen hatte. Alle: „Ich war's nicht."

Sie rochen es auch.

„Wie verwestes Fleisch, grauenhaft. Mutter Gottes ... Warst du das, Bastião?"

„Hm, was?"

Wir spielten weiter, aber dieser Geruch ging einfach nicht weg, bis ich mich daran erinnerte, daß es auch Valico sein konnte, der angefangen hatte zu stinken.

„Das wird's sein", sagte Penca. „Das wird's sein ... Wenn er es nicht ist, dann ist es Nassim, geh' mal nachsehen, Nestor."

„Sehe ich so aus, als würde ich Leichen schnüffeln?", fragte ich.

Aber ich ging nachsehen. Es war nicht nötig, näher ranzutreten, es war Valico.

„So eine Scheiße," sagte Penca, „gerade jetzt, wo das Spiel richtig gut wird."

Ja, richtig gut, nachdem Bastião, der zum Kotzen auf die Toilette gegangen war und dort reiherte, rausgeflogen war, hatte Pencas Glückssträhne wieder eingesetzt. Es war schon drei Uhr morgens. Das Begräbnis sollte um sechs Uhr sein. Wir meinten, es bis dahin gerade noch aushalten zu können, aber später wäre es unmöglich, sich in Valicos Nähe aufzuhalten.

Unmöglich, bei diesem Gestank weiterzuspielen, und wir beschlossen, in die Küche umzuziehen. Nego und ich trugen Tisch und Stühle hinüber und bauten alles auf, und Penca ging eine offene Kneipe suchen, um Getränkenachschub zu kaufen. Er hatte Glück und kam mit drei Brahma-Bieren und zwei Flaschen Schnaps zurück. Der Leichengestank hatte inzwischen Nassim geweckt, der keuchend in die Küche gerannt kam und fluchte:

„Verflixt, ihr habt mich mit Valico allein gelassen ..."

Er starb fast vor Angst, der Hosenscheißer. Seine Ankunft ließ das Spiel wieder aufleben. Schlimm war nur, daß man ihm bald auf die Finger gucken mußte, damit er nicht mogelte. Jetzt hatten alle schon einen sitzen, keiner paßte mehr richtig auf, er gewann, und alle anderen verloren. Er mußte geschummelt haben wie ein Türke, aber niemand achtete so recht darauf. So ging das weiter, schließlich war auch er betrunken, und das Spiel ein einziges Chaos, keiner wußte mehr, was er tat. Penca war eingeschlafen, und ich hatte seine Spielsteine übernommen, Nego gab die Karten falsch herum aus, es war eine einzige Schlamperei, bis wir schließlich alle an Ort und Stelle einpennten.

Als ich aufwachte, war es schon Tag. Nego saß am Tisch, noch auf demselben Platz, Nassim schnarchte auf dem Boden, Penca hatte, in einer Ecke zusammengerollt und lag wie ein Hund auf der Fußmatte. Ich sah auf die Uhr: halb sieben, rannte ins Wohnzimmer. Sie hatten Valico schon abgeholt, nur die alte Tante war noch da.

„Wann sind sie fortgegangen?", fragte ich.

„Vor einer halben Stunde schon, sie müssen gleich zurückkommen ..."

Ja, du lieber Gott, wir legen uns krumm, wachen die ganze Nacht über, und dann findet die Beerdigung ohne uns statt. Ich war sauer.

„Schert euch zum Teufel!"

„Was?"

Ich ging zum Pinkeln ins Bad. Bastião lehnte am Klobecken und schlief mit geöffnetem Mund. Ekelhafter Kerl. Ich hatte Lust, ihm auf den Kopf zu pissen, um seinen Schuppen den Garaus zu machen.

Die Rasur

Der Barbier band ihm das Frisiertuch um und nahm eine Hand beiseite: „Der ist noch warm ..."

„Wann ist es passiert?" fragte der Lehrling.

Der Friseur antwortete nicht. Aus dem halboffenen Totenhemd lugten einige graue Brusthaare hervor. Der Junge schaute aufmerksam zu, bis ihn schließlich der Barbier ansah.

„Wann ist er gestorben?" fragte der Junge wieder.

„Im Morgengrauen", sagte der Barbier, „er ist im Morgengrauen gestorben."

Er streckte die Hand aus: „Pinsel und Rasiercreme, bitte."

Der Junge holte schnell Pinsel und Rasiercreme aus dem Lederkoffer, der auf dem Tischchen lag. Dann nahm er den Krug Wasser, den er beim Hereinkommen mit ins Zimmer gebracht hatte: Er schüttete ein wenig Wasser zu der Rasiercreme in dem Schälchen und rührte, bis sie schäumte. Er war immer sehr schnell bei der Arbeit, aber jetzt war seine Schnelligkeit mit ungewohnter Nervosität gepaart. Der Pinsel glitt ihm aus der Hand und streifte das Bein des Barbiers, der neben dem Bett saß. Verstört und ganz außer sich entschuldigte sich der Junge.

„Nicht schlimm", sagte der Barbier und wischte den Schaumklecks von der Hose, „das kommt vor ..."

Der Lehrling hob den Pinsel auf, rührte noch ein wenig um und übergab alles dem Barbier, der noch einmal umrührte. Bevor er sein Werk begann, sah er den Jungen noch einmal an:

„Möchtest du lieber draußen warten?", fragte er höflich.

„Nein, Senhor."

„Der Tod ist kein amüsantes Schauspiel für junge Leute, eigentlich für niemanden."

Er begann damit, das Gesicht des Toten einzuseifen, einen dichten Viertagebart.

Durch die geschlossene Tür drang das erstickte Gemurmel von Stimmen, die den dritten Teil des Rosenkranzes, den Glorreichen, beteten. Draußen zog sich der Himmel zu, ein frischer Luftzug wehte durch das offene Zimmerfenster.

Der Barbier gab den Pinsel und das Rasierschälchen zurück: Der Junge hielt schon Rasiermesser und Streichriemen bereit; das Schälchen mit dem Pinsel stellte er auf dem Tisch ab.

Der Barbier wetzte die Klinge. Im Salon war sein Wetzstil, zu dem er heitere Melodien aus klassischen Musikstücken pfiff, bekannt. Jetzt im Zimmer, neben dem Toten, wetzte er in einem anderen, etwas gesetzteren und langsameren Rhythmus, man konnte beinahe annehmen, daß er insgeheim einen Todesmarsch pfiff.

„Es ist so komisch", sagte der Junge.

„Komisch?", der Barbier hörte auf zu wetzen.

„Daß wir ihn rasieren."

Der Barbier schaute auf den Toten.

„Was ist nicht komisch?", fragte er, „Er, wir, der Tod, das Leben, ist nicht alles irgendwie komisch?"

Er begann mit der Rasur. Mit der linken Hand hielt er den Kopf des Toten fest, mit der rechten rasierte er.

„Lieber Gott, laß mich frisch rasiert sterben", sagte der Junge, dem schon ein leichter Bart wuchs. „Dann muß man mich nicht rasieren, wenn ich tot bin. Es ist so komisch ..."

Der Barbier hielt inne, lehnte sich etwas zurück und blickte wieder auf das Gesicht des Toten; aber nicht wegen der Bemerkung des Jungen, er prüfte nur, wie seine Arbeit voranging.

„Kann es sein, daß er uns von irgendwoher zusieht?", fragte der Junge.

Er blickte nach oben, an der Decke war das Licht noch eingeschaltet, als schwebte dort die Seele des Toten und beobachtete sie beide, er sah nichts, aber er meinte, die Seele dort zu spüren.

Die Klinge säuberte jetzt die Partie unter dem Kinn. Der Junge betrachtete das Gesicht des Toten: Augen und Mund waren geschlossen, die Hautfarbe blaß; ohne Bart schien er jetzt erst richtig tot zu sein.

„Warum sterben wir?“ fragte er. „Warum müssen wir sterben?“

Der Barbier antwortete nicht. Er hatte aufgehört zu rasieren, säuberte die Klinge, klappte das Messer zu und ließ es auf dem Bettrand liegen.

„Gib mir das andere Handtuch“, bat er, „und mach’ den Waschlappen naß.“

Der Junge feuchtete den Waschlappen im Krug an und wrang ihn aus. Zusammen mit dem Handtuch reichte er ihn dem Barbier.

Sorgfältig säuberte und trocknete der Barbier das Gesicht des Toten. Mit dem Zipfel des Lappens wischte er einen Rest Rasierschaum ab, der in das Ohr geraten war.

„Warum kann man sich eigentlich nicht an den Tod gewöhnen?“, fragte der Junge. „Müssen wir nicht alle eines Tages sterben? Sterben wir nicht alle? Also, warum gewöhnen wir uns nicht einfach daran?“

Der Barbier schaute ihn eine Sekunde lang an:

„Ja“, erwiderte er, wandte sich erneut dem Toten zu und begann, den Schnurrbart zu bearbeiten.

„Ist das nicht komisch?“, fragte der Junge. „Ich verstehe es einfach nicht.“

„Wir verstehen vieles nicht“, sagte der Barbier.

Er streckte die Hand aus: „Die kleine Schere, bitte.“

Im Haus schienen Aufruhr und Stimmengewirr anzuschwellen; manchmal war ein Weinen zu hören. Der Junge dachte gutgelaunt, daß sie ja schon fast fertig waren, und er schon in wenigen Minuten draußen auf der Straße durch die frische Morgenluft laufen würde.

„Den Kamm“, sagte der Barbier, „du kannst anfangen, die Sachen zusammenzupacken.“

Als er mit dem Kämmen fertig war, stand der Barbier vom Stuhl auf und prüfte das Gesicht des Toten erneut.

„Bitte noch einmal die kleine Schere“, bat er.

Der Junge machte den Koffer wieder auf und holte die kleine

Schere heraus. Der Barbier neigte sich vor und schnitt die Spitze eines Barthaares ab.

Die beiden sahen eine Weile hin.

„Der Tod ist eine merkwürdige Angelegenheit“, sagte der Barbier.

Draußen stand die Sonne schon hell über der Stadt, deren Treiben einen neuen Arbeitstag einläutete: Die Geschäfte machten auf, Schüler gingen zur Schule, Autos fuhren vorbei.

Die beiden liefen eine ganze Weile schweigend nebeneinander her, bis der Barbier an einer Kneipentür anhielt: „Wie wär's mit einem Schnäpschen?“

Unsicher blickte ihn der Junge an. Da er nur heimlich trank, wußte er nicht, was er antworten sollte.

„Ein Schnäpschen ist gut, um die Lebensgeister wieder zu wekken“, sagte der Barbier und schaute ihn gütig lächelnd an.

„Gut“, sagte der Junge.

Der Barbier legte ihm die Hand auf die Schulter und sie betraten die Kneipe.

Die Geige

In eine Ecke ganz hinten im Keller bin ich nie gekommen, warum, weiß ich nicht. Aus Angst? Aber Angst wovor? Dort gab es nur altes, verschlissenes und ausrangiertes Gerümpel. Dennoch beschloß ich eines Tages, allein dorthin zu gehen, um in ihnen herumzustöbern. Es war, als zögen sich die Dinge, je weiter ich mich ihnen näherte, in das Dunkel zurück, als wollten sie vor mir fliehen und riefen mir zu, ich solle weggehen. „Nein, nein, vergiß uns", schienen sie zu stöhnen, aber ich ging mit dem festen Schritt eines Lebenden, der in einer Höhle die Verformungen sehen will, die der Tod in ein ehemals schönes Gesicht gezeichnet hat. Als ich eine Minute gezögert hatte, weil ich einen Berg von Dingen betrachtete, hob ich den Deckel einer Truhe, und irgend etwas war plötzlich anders: Das Stöhnen hörte auf, und mich überkam ein furchtbares Gefühl, als hätte ich ein Heiligtum entehrt; es war so entsetzlich, daß ich aufschrie und wegrannte. Zu spät, denn das Heiligtum war bereits entehrt. Bevor ich an der Tür ankam, machte ich halt, schimpfte mich einen Angsthasen, denn es war ja nichts gewesen, warum also diese dumme Angst? Es war nur meine Einbildung, es war nichts passiert, was konnte ein Gegenstand schon anrichten? Ich kehrte wieder zurück und begann, ohne mir Sorgen zu machen, in den Sachen herumzustöbern, und versuchte sie in dem schwachen, dort einfallenden Licht zu erkennen: ein Pappkarton mit Stoffresten, Strümpfen und einem Paar Handschuhen – wer hatte sie wohl getragen und wann? Ein anderer Karton: Briefumschläge, Rechnungen, Hefte mit schwarzem Einband. Eine Dose: leere Garnrollen – wer hatte sie wohl aufbewahrt und wozu? Vielleicht irgendein Junge, vielleicht hatte sogar ich selbst als Kind damit gespielt; oder hatten sie einer noch älteren Generation gehört?

Eine große Truhe: Da mußten viele interessante Sachen begraben sein. Ich hob den Deckel: leer. Dahinter stand ein an die Wand gelehnter, eigenartig geformter Holzkasten, ein Geigenkasten. Das war der aufregendste Moment dieses Abenteuers, das meine Neugier bisher nicht besonders angestachelt hatte; die Geige jedoch versöhnte mich. Ich brachte den Geigenkasten in den helleren Teil des Kellers und machte ihn auf: Innen war er mit violettem Filz ausgeschlagen: ein Sarg. Beim Öffnen fühlte ich, wie etwas seit langem Totes und Eingesperrtes mit dem Licht plötzlich wieder erwachte und jetzt darauf drängte, aus dem Keller in das Leben voller Luft, Klang und Helligkeit zurückgeholt zu werden. In einem kleinen Fach des Kastens lagen ein Stück Kolophonium und eine eingerollte Geigensaite: Sie war nagelneu, die Geige schien in den Keller gekommen zu sein, noch bevor sie benutzt worden war. Aber warum? Wer hatte auf ihr gespielt und warum ganz plötzlich mit dem Spielen aufgehört, so daß eine neue Saite nicht mehr gebraucht wurde? Jemand, der jetzt tot war? Aber wer? Ich hatte noch nie von jemandem in der Familie gehört, der Geige spielte oder gespielt habe. Ob es das Geschenk irgendeines Freundes oder Bekannten war? Im Haus würde ich auf alles eine Antwort bekommen. Aber vorher hatte ich noch einiges mit der Geige vor, meine Entdeckung hatte erst begonnen. Ich nahm den Bogen heraus, strich mit dem Daumen über die Geigenbogenhaare. Wie hielt man eine Geige? Ich schulterte sie, die Haltung war unbequem, doch ich fand keine bessere. Ich nahm die Pose ein, die ich mir für einen Geiger vorstellte, und brachte den ersten Ton hervor: heiser, ächzend, erstickt – das Muhen einer Kuh. Ich probierte eine andere Saite aus: schrill und hoch. Alle Saiten gaben diesen ächzenden Laut von sich. Ich führte den Bogen schnell, um melodische Klänge hervorzubringen, aber die Saiten, als wollten sie mir nicht gehorchen, mich ohrfeigen oder sich auf meine Kosten amüsieren, schienen absichtlich so zu klingen, um mich zu ärgern. Ich hatte es mir jedoch in den Kopf gesetzt, etwas zu spielen, zumindest ein Stück aus *Sobre as Ondas*, das ich einmal auf der Violine gespielt im Radio gehört hatte. Ich gab nicht auf und wurde mit jedem Versuch gereizter, bis ich einen dieser Musik ähnelnden Ton getroffen zu haben glaubte, und machte dann erst recht weiter: Ich wollte diesen Ton wiederholen, ließ es dann aber sein. Meine Neugier ließ mir keine Ruhe, ich nahm die Geige unter den Arm und verließ den Keller und ging nach oben.

Den Besitzer ausfindig zu machen, konnte nicht schwer sein. Tante Lázara kannte die meisten Familiengeschichten, deshalb suchte ich sie als erste in ihrem Zimmer auf, wo sie den ganzen Tag über nähte. Sie sah mich unwillig an, dann drehte sie sich plötzlich um, blickte auf die Geige und erschien mir einige Sekunden wie gelähmt, sah mich dann wieder an und fragte: „Wo hast du die her?“ Ihre Stimme und ihr Blick ließen mich vor Angst erschauern. „Aus dem Keller“, stammelte ich. Es folgte ein Augenblick des Schweigens. Sie blickte wieder auf die Geige, wie verzaubert, als wolle sie hinsehen und gleichzeitig wegsehen. Ich wollte die Geige loswerden, konnte mich aber nicht rühren, wie jemand, der eine Zeitbombe, die in wenigen Sekunden explodieren wird, entdeckt und so entsetzt stehen bleibt, daß er, anstatt die Bombe weit weg zu schleudern, sie in der Hand behält. Ich wollte schon sagen: „Ich bringe sie zurück“, und dann weggehen, aber ich rührte mich nicht vom Fleck und schwieg. Dann fragte sie: „Aus dem Keller?“, aber diesmal war ihre Stimme anders, nicht mehr so heftig, es war die Stimme von jemand, der am Nachdenken ist und nur spricht, um irgend etwas zu sagen und dann weiter nachdenken zu können. Meine Starre ließ nach, und durch ihre veränderte Stimme ermutigt sagte ich: „Ich hab da mal reingeschaut und sie in einer Ecke gefunden. Gehört sie der Senhora?“ „Ja“, sagte sie und nickte zustimmend: „Es ist meine ...“ Ich erwartete eine Geste, die nicht kam, sie sah mich nur unverwandt an, da trat ich näher, um ihr die Geige entgegen zu halten: Sie nahm sie, setzte den Kasten an die Brust und öffnete ihn. Sie schaute, als sähe sie zum ersten Mal eine Geige und wisse nicht, was man damit mache, neugierig und verwundert. Ehrfürchtig, wie ein Priester die geweihte Hostie ergreift, hob sie die Geige vorsichtig und liebevoll aus dem Kasten, den sie auf der Nähmaschine abgelegt hatte. Sie nahm sie in den Arm, als sei sie ein kleines Kind, und streichelte sie sanft mit einem Gesichtsausdruck, den ich nie zuvor an ihr gesehen hatte: Seligkeit. Dieser Ausdruck wechselte, er wurde zur vergnügten Miene eines Kindes, das sein verlorengegangenes Spielzeug wiedergefunden hat, und zuletzt wurde ihr Gesichtsausdruck nostalgisch. Ich ließ sie die ganze Zeit nicht aus den Augen, während sie mich völlig vergessen zu haben schien, aber ich wußte nicht, ob die Geige sie fröhlich oder traurig stimmte. Gespannt wartete ich auf den Augenblick, in dem sie zum Bogen greifen und spielen würde. Ich konnte mich nicht länger beherrschen und fragte: „Kann die Senhora spielen?" Sie nickte, lächelte wieder selig und setzte die Geige zum Spielen an, ganz ernst und konzentriert strich sie die ersten Töne, ihr Blick schweifte nach oben, und sie lauschte. Sie brach ab. Stimmte die Saiten. „Da drinnen liegt eine neue Saite", sagte ich. Sie nickte und beschäftigte sich weiter mit den Saiten. Ich setzte mich neben sie auf das Bett, sagte nichts und wartete aufmerksam ab. Sie klemmte die Geige wieder unter das Kinn und begann von vorn, um gleich darauf wieder abzubrechen und an den Wirbeln zu drehen. Aber beim dritten Mal erklang Musik, eine traurige, mir unbekannte Musik. In ihrem Gesicht las ich, daß in dem Moment, wo sie spielte, nichts um sie herum für sie existierte, nicht einmal ich, ihr Zuhörer; es gab nur diese traurige Musik. Als sie schließlich aufhörte und mich ansah, kam es mir vor, als sehe sie mich nicht und sei blind. „Schön", sagte ich. Sie lächelte, und diesmal sah sie mich tatsächlich an und schien froh zu sein, daß ich da war, ihr zuhörte und sagte, daß ich es schön fand. „Kann die Senhora auch *Sobre as Ondas* spielen?" Anstelle einer Antwort fing sie zu spielen an. Es war wunderbar. „Was soll ich noch für dich spielen?" Ich überlegte: „Ist es möglich, *Chiquita Bacana* zu spielen?" Sie sagte, *Chiquita Bacana* sei nicht die passende Musik für eine Geige, ich solle mir eine andere aussuchen. Ich dachte krampfhaft weiter über „passende Musik für Geige" nach und hatte keinen Mut die Stücke zu nennen, die mir einfielen. „Spiel noch mal *Sobre as Ondas* ..." Ich dachte, sie würde ablehnen, aber nein, sie spielte immer noch mit diesem ernsten, zugleich verträumten Gesichtsausdruck. Ich war verrückt nach *Sobre as Ondas* und bekam Lust zu weinen. Dann spielte sie andere Stücke, an die sie sich erinnerte, und fragte mich, ob ich sie kenne, bis auf *Branca* kannte ich keins.

„Einige stammen von berühmten Komponisten, den großen Meistern der Musik", erklärte sie und nannte ausländische Namen. Was von den großen Meistern kam, mußte alles schön sein, dennoch gefielen mir manche Stücke überhaupt nicht, ich sagte aber nichts. Ich wußte nicht, was es war, was mich noch dort hielt, die Musik oder die von der Geigerin ausgehende Faszination. Die Hingabe, mit der sie spielte, ließ mich reglos dort verharren, fast ohne die Augenlider zu bewegen. Plötzlich fiel mir ein, daß ich nach Hause gehen mußte, weil meine Mutter auf mich wartete. Ich war unschlüssig, sagte dann aber: „Möchte die Senhora, daß ich die Geige jetzt wieder in den Keller bringe, oder ...?" „Laß nur, ich bringe sie später zurück ...", sagte sie lächelnd, ohne die Geige abzulegen. Ich konnte sie noch spielen hören, bis ich auf die Straße trat.

Als ich am nächsten Tag wieder ins Wohnzimmer kam, hörte ich, wie sie schon spielte. Ich steuerte direkt das Zimmer an, in dem sie sich aufhielt. Unordentlich verstreut lagen auf dem Bett zahlreiche Musikalben und alte vergilbte Notenhefte, einige sogar eingerissen, wo hatten sie bloß gelegen? Im Keller? In irgendeinem Kasten, der auf einem Schrankboden gestanden hatte? Laut las ich einige Namen, und ohne die Geige aus der Hand zu legen, korrigierte sie meine Aussprache der fremden Namen. Das schmeichelte meiner jugendlichen Eitelkeit, und gleich danach erklärte ich den Jungs aus meiner Gruppe, daß ich englisch, französisch, italienisch und deutsch sprechen konnte. Wenn ich irgendeine Musik fand, deren Titel ich kannte, versuchte ich, sie in den Linien „zu sehen", an denen Kügelchen, Beinchen und seltsame Schlangenlinien hingen, aber es hatte keinen Zweck. So sehr ich mich anstrengte und meine Vorstellungskraft bemühte: Wie konnte diese Musik da drin stecken? Ich ärgerte mich über diese Seiten, die ich nicht verstand. Ich gebe zu, es waren mir unbekannte Musikstücke, jene, die ich kannte, konnten nicht dort sein, nein: Die waren nämlich in der Luft, man mußte sie einfach nur spielen oder singen, sie hatten nichts mit diesen unsympathischen Strichen zu tun. Tante Lázara spielte, hielt inne, studierte, an ihre Nähmaschine gelehnt, eine Seite, spielte wieder, schaute dabei unverwandt auf das Blatt. Dann legte sie schließlich die Geige ab und sah mich an. Sie hatte jetzt schon zwei Stunden lang gespielt. Sie lächelte nicht aus einem bestimmten Grund, sondern einfach so, vor Glück. „Willst du mein Sekretär sein?", fragte sie mich, und ich stimmte sofort zu, ohne eine Ahnung zu haben, was es bedeuteten könnte, ihr Sekretär zu sein. Es mußte Spaß machen, für einen Erwachsenen den Sekretär zu spielen. „Dann bist du jetzt unter Vertrag: Ab heute bist du mein offizieller Sekretär." Das „offiziell" machte mich noch wichtiger. Ich wollte sofort wissen, was ich zu tun hatte, ganz begierig darauf, irgend etwas zu tun, was immer es nur sei und von dem ich vermutete, es habe mit der Geige zu tun. „Nach und nach werde ich es dir erklären. Erst einmal müssen alle diese Musikstücke ordentlich aufgestapelt werden, klar?" „Klar." „Dann an die Arbeit."

Am dritten Tag hatte die Nachricht in der Familie bereits die Runde gemacht: „Lázara spielt wieder Geige." Einige hatten völlig vergessen, daß sie früher Geige gespielt hatte. Die anderen, jüngeren, hatten nie davon gehört. „Warum hat sie aufgehört?", wollte ich von meiner Mutter wissen. Sie erzählte mir, daß das niemand wisse. Eines Tages hatte sie urplötzlich mit dem Spielen aufgehört und nie wieder damit angefangen, aber sie hatte nie einem Menschen erzählt, warum. Aus Widerwillen, aus Enttäuschung, keiner wußte warum, denn es war zwecklos, sie zu fragen, sie antwortete nicht. Eine ausgezeichnete Schülerin sei sie gewesen, mit Lehrern von weit her, Ausländern. Die Geige sei die große Liebe ihrer Jugend gewesen.

Ihre Veränderung in jenen Tagen war so groß, daß Tante Lázara ein anderer Mensch geworden zu sein schien – aber dieser andere Mensch war wirklich sie selbst, stellte ich fest, es war nicht die, die ich kannte, immer mißgestimmt, nervös, schweigsam, traurig, bleich und wie ein Grab, aus dem die Geige die echte Lázara zu neuem Leben wiedererstehen ließ. Als sie sie so sahen, dachten die meisten aus der Familie, sie sei verwirrt oder heimlich in einen

Mann verliebt, doch sie entdeckten bald, daß die Geige der einzige Grund für diese Veränderung war. Manche ermunterten sie, weiter zu spielen, während andere es komisch fanden und Kommentare abgaben, die dann die Runde machten. Sie lächelten und sagten, das seien die Wechseljahre. Ich wußte nicht, was Wechseljahre waren, aber ich haßte dieses Lächeln. Mir gefielen alle, die sagten: „Wunderbar, Lázara, du spielst göttlich, du bist eine wahre Künstlerin!" Ich fand, mir steh mindestens ein Drittel des Lobes zu, weil ich die Geige aus ihrem Kellergrab geholt hatte, bei den Übungsstunden regelmäßig anwesend war, ihr half und ihr offizieller Sekretär war – und ich lächelte, völlig selbstverliebt. Sie selbst schien sich kaum darum zu kümmern, ebenso wenig, wie sie sich um die ironischen Kommentare scherte. Sie besaß tief in sich eine bestimmte Kraft, durch die sie nicht auf die Hilfe der anderen angewiesen war, und deshalb konnten sie sie auch nicht zerstören. Ich wußte: Tief im Innern war sie dieses Mädchen geblieben, das wieder aufgelebt war. Dieses Mädchen ließ sie so selig aussehen, wie ich sie nie zuvor gesehen hatte. Dieses Mädchen gab die Näherei trotz aller Einwände, Proteste und Warnungen der übrigen Familie auf. Nicht einmal diejenigen, die ihr Spiel göttlich gefunden hatten, hielten an diesem Tag zu ihr. „Du bist der einzige in dieser Familie von Barbaren, der mich versteht", sagte sie ganz aufgebracht über die anderen zu mir, denn sie behaupteten, sie habe ihren Verstand verloren. Wo habe man bei einem Menschen in ihrem Alter schon so was gesehen, das würde sie noch bitterlich bereuen müssen. Wir zwei standen gegen die übrige Familie, die ich ebenfalls „Barbaren" schimpfte und verachtete, denn wirklich niemand besaß „künstlerische Sensibilität", wie mein Tantchen zu sagen pflegte. Sie erzählte mir, daß die Geschichte der großen Meister voll sei von derartigen Mißverständnissen und Ungerechtigkeiten, daß diese sich aber nicht davon hätten beirren lassen und schließlich eines Tages triumphierten. Mit ihr würde das genauso werden, und ich versprach, ihr bis zuletzt beistehen, bis zum Triumph, der meinen Geigenunterricht bei den besten Lehrern der Welt und unsere gemeinsamen Reisen durch unzählige fremde Länder mit sich bringen würde.

An Sonntagen nahm mich Tante Lázara ins Kino mit. Wir wurden in der Stadt bekannt, und wenn wir in das Kino kamen, spürte ich wie die Blicke aud uns ruhten. Ich hob die Hand zum Gruß, lachte verlegen, bis sie mir erklärte, daß ein Künstler sich um solche Dinge, um solche Nebensächlichkeiten nicht schert. Danach ging auch ich dazu über, nichts darauf zu geben – zumindest so zu tun, als gebe ich nichts darauf, obwohl ich eigentlich begierig war zu erfahren, wer uns beachtete und was die Leute hinter unserem Rücken erzählten.

Die Nachricht ging um, daß Tante Lázara in der Stadt ein Konzert geben würde. Richtig, sie wollte ein öffentliches Geigenkonzert geben. Sie mietete einen Raum, ließ Eintrittskarten und Einladungen drucken, machte Werbung in Zeitung und Radio. Das Konzert sollte an einem Samstagabend im Saal eines Klubs der Stadt stattfinden. Einige versuchten, sie davon abzubringen; eine neidische Frau, so erzählte Tantchen mir, habe gesagt, sie sei schon zu alt und niemand würde samstagabends in den Klub gehen, um eine alte Frau Geige spielen zu sehen. Sie habe geantwortet, nicht das Alter zähle, sondern allein die Kunst. Eine andere meinte, sie sei doch gar nicht daran gewöhnt und könnte in dem Moment vor lauter Aufregung umfallen: „Wenn ich sterbe, dann für die Kunst." Unterdessen fuhr sie fort, sich mit der Hilfe ihres Sekretärs auf das Konzert vorzubereiten. Papa sagte, da sie nicht davon abzubringen sei, solle sie wenigstens noch jemanden engagieren, der ein anderes Instrument spiele, um dann zusammen zu musizieren. Sie nahm diesen Vorschlag nicht an, war aber vielleicht doch nachdenklich geworden und kam auf die Idee, daß ich einige Lieder singen sollte, von denen einige auf französisch waren. Ich bebte vor Freude. Aber das Scheitern der ersten Proben holte sie auf den Boden der Tatsachen zurück: Ich sang noch keine Minute, da hatte ich plötzlich, ohne zu wissen warum, ein verrücktes Bedürfnis zu lachen und konnte nicht an mich halten. „Du bist unmöglich", sagte sie. Aber es geschah nicht mit Absicht, es war etwas, das stärker war als ich. Wir hörten auf. Sie hätte das niemals von sich aus vorgeschlagen, um mich nicht zu verletzen. Es war mein eigener Vorschlag gewesen, damit aufzuhören, den ich ohne eine Spur von Bedauern, sogar mit Erleichterung äußerte. Sie sagte, vor dem nächsten Auftritt würden wir wieder anfangen zu proben. Wir bereiteten uns weiter auf den Konzertabend vor.

Ich zog meinen Anzug und eine Fliege an, die sie mir zum Geburtstag geschenkt hatte. Ich ging mit Papa, wir waren die ersten. Als Tantchen auf der Bühne erschien, waren noch viele Plätze frei, und nachdem sie das Publikum begrüßt hatte, zögerte sie einen Augenblick lang und schaute in die Runde. Ich merkte, wie sie auf die leeren Stühle starrte, und dachte ganz besorgt, daß man da nichts mehr machen könne, aber schon hatte das Konzert begonnen. Der erste Teil bestand aus drei brasilianischen Walzern, es gab Applaus, doch bei den wenigen Menschen klang der Beifall matt. Ich hatte sogar den Gedanken, es wäre besser, gar keinen als solch einen tröpfelnden Beifall zu bekommen. Ich klatschte mit voller Kraft, um den Lärm zu steigern, aber in dieser verfahrenen Situation schien es, als täte ich es aus Clownerie. Beim dritten Walzer klatschte ich zurückhaltender, und von der Kälte des Publikums vergiftet merkte ich, daß meine Mühe vergeblich war. Aber Tantchen schien sich davon nicht beeindrucken zu lassen, sie spielte mit unverändertem Gesichtsausdruck weiter: ernst, ein wenig zu ernst, als würde sie etwas verbergen, etwas schützen, was sie nicht durchscheinen lassen wollte. Sie spielte nicht mit der Leidenschaft, mit der sie zu Hause im Zimmer spielte, warum nur? Aus Angst vor dem Publikum? Ich war besorgt, das Konzert lief nicht so, wie ich es erwartet und mir ausgemalt hatte – wie wir es erwartet und uns ausgemalt hatten. In der Pause wollte ich hinter die Bühne gehen, aber Papa sagte, es sei besser, hier zu warten, und daß wir am Ende sowieso dorthin gehen würden. Ich sah einige Leute den Saal verlassen und dachte, sie kämen gleich wieder, weil sie auf die Toilette oder Zigaretten holen gegangen seien; aber als der zweite Teil begann, der aus Werken der großen Meister bestand, waren sie noch nicht zurückgekehrt, und da begriff ich, daß sie weggegangen waren, und haßte sie. Das Publikum war um mehr als die Hälfte geschrumpft: Nur noch zehn Leute waren da. Ich spürte erneut, wie der Blick von Tantchen umherwanderte, diesmal war sie sichtlich enttäuscht, als sie die leeren Stühle sah. Verzweifelt wollte ich irgend etwas für sie tun, aber ich spürte, daß es zwecklos und das Ganze eine schreckliche Niederlage war. Jetzt wünschte ich nur noch, daß das Konzert möglichst schnell zu Ende sei, damit diese Leute weggingen und uns alleine ließen. Als ein Lied zu Ende war, sah ich auf den Boden, um die Wirkung dieses sterbenden Beifalls auf ihrem Gesicht nicht erleben zu müssen. Ich betete in Gedanken, daß die Zeit schnell verstreichen möge, ich schloß die Augen und versuchte, an andere Dinge zu denken, aber dieser Kampf nahm einfach kein Ende. Bis es schließlich still wurde und ich den Beifall hörte. Ich machte die Augen auf, und es war zu Ende. Innerhalb von fünf Minuten war der Saal leer. Papa und ich gingen hinter die Bühne. Papa breitete die Arme aus und hatte ein „Wunderbar!" auf den Lippen. „Danke", antwortete sie, ohne ihn anzusehen. Sie legte die Geige im Kasten zurecht. Papa wußte nichts mehr zu sagen. Was mich betraf, so konnte ich kein einziges Wort herausbringen; ich fürchtete, mir würden die Tränen kommen, sobald ich den Mund aufmachte. „Gehen wir?", fragte sie. Wir stiegen die Treppen des Klubs hinunter. Sie sah uns kein einziges Mal an.

Ich weiß nicht, ob die Geige wieder in den Keller kam, weil ich nie wieder dorthin gegangen bin. Es kann sein, daß sie wieder dort landete, aber es ist genauso gut möglich, daß sie sie einfach in eine Schublade oder auf irgendeinen Schrank gelegt hat, ich sah sie jedenfalls nie wieder. Die Verwandten freuten sich über Tantchens Rückkehr zur Näherei, lobten ihren gesunden Verstand, ihre Intelligenz, den Mut, sich ihren Irrtum einzugestehen. „Irrtum? Ihr seid die Schuldigen, ihr Barbaren!" protestierte ich, um sie zu verteidigen. „Sprich nicht so mit ihnen, es sind deine Verwandten", sagte sie. Ich sah sie erstaunt an: Sie? Sie sagte mir das? Tante Lázara? Also war es wirklich zu Ende, war nichts übriggeblieben, absolut nichts? Es war vorbei. Alles war vorbei. Das Mädchen, die Leidenschaft, das Glück und der Traum hatten sie verlassen, sie war wieder tot, meine Tante war tot.

Morgen komme ich wieder

Neunzig Jahre.

„Ich werde blind."

Der große Zeiger steht auf drei: Wenn er bei der neun angekommen ist, werde ich gehen.

„Ich habe dich an der Stimme erkannt. Ganz einfach, als du hereinkamst, vorher hatte ich dich nicht gehört. Ich werde auch taub, völlig taub. Gestern ist der Wagen mit dem Lautsprecher da draußen vorbeigefahren und hat zu Estêvãos Begräbnis eingeladen, und ich habe nichts gehört. Ich saß auf der Veranda und habe nichts gehört; später haben sie es mir dann erzählt. Die Alten sterben alle. Vor kurzem Demerval. Dann Raimunda. Jetzt Estêvão. Wir waren Freunde, seit vielen Jahren schon, und ich war nicht einmal auf seiner Beerdigung."

Tränennasse Augen.

„Die Senhora hat keine Schuld, Großmama."

Sie hört nicht.

Sie wischt sich die Augen mit einem vergilbten Taschentuch ab, das sie aus dem Kleid gezogen hat. Sie schneuzt sich damit die Nase.

Sie setzt die Brille wieder auf: Hinter den von Fingerabdrücken verschmierten Gläsern liegen zwei grünliche Flecken, die einmal die schönsten Augen der Stadt gewesen sind.

Die faltigen und mit Altersflecken übersäten Hände glätten das Tischtuch. Unregelmäßig geschnittene Nägel mit schwarzen Rändern.

Neunzig Jahre: Das Weiß der Haare wirkte alterslos.

„Deine Mutter hat schon erzählt, daß du in diesen Tagen kommen würdest, aber ich hatte die Hoffnung schon fast aufgegeben.

Wann warst du das letzte Mal hier? Du mußt öfter kommen, um mit deiner nörgeligen Großmutter zu reden ... Die anderen Enkel scheinen schon vergessen zu haben, daß ich noch am Leben bin. Die Kinder sind immer sehr beschäftigt. Die Nachbarn sagen einen netten Spruch an der Eingangstür und das war's dann auch schon. Ich bleibe dann im Zimmer und weine. Was kann ich tun, nichts kann ich tun, wegen meiner Augen. Die Beine tun's auch nicht: Es gibt Stunden, da sind sie so schwach, daß ich hinfalle, wenn ich mich nicht an irgend etwas in der Nähe festhalte. Bald werde ich nicht mal mehr aus dem Haus gehen können. Gestern bin ich auf einen Sprung zu Déa gegangen. Auf dem Bürgersteig ist mir das Laufen noch leicht gefallen, aber als ich die Straße überqueren wollte, wurde es unendlich schwer. Abgesehen davon, daß ich nicht erkennen konnte, ob ein Auto kommt, kam es mir vor, als hätte ich die Beine eines Einjährigen. Und als ich dann schließlich bei ihr ankam, stritt Dea noch mit mir."

„Die Senhora sollte nicht allein ausgehen."

„Wie bitte? Ich habe nicht richtig gehört."

„Ich sage, es ist gefährlich, wenn die Senhora allein auf die Straße geht. Sie kann überfahren werden."

„Übergangen?"

„Überfahren!"

„Ach, was weiß ich ..."

Die Hände strichen über das Tischtuch.

Ein Lächeln: „Wie steht es mit dem Mädchen? Hält es noch?"

„Es hält noch!"

„Was?"

„Es hält!"

„Ist sie hübsch? Ich habe gehört, sie hat sehr schöne Augen ..."

„Ja."

„Welche Farbe haben sie?"

„Grün."

„Wie?"

„Grün, wie die der Senhora!"

„Und werdet ihr heiraten?"

„Ich weiß es nicht, wir werden sehen. Ich muß zuerst Geld besorgen."

„Held?"

„Geld! Ich muß erst Geld besorgen."

„Ach, ich weiß ..."

Durch ihr Lächeln schienen die neunzig Jahre wie weggeblasen.

„So ist es richtig ... Ohne Geld soll man nicht heiraten, das bringt nichts, schließlich wird der andere eingeengt, ist es nicht so?"

„Genau."

Sie trommelt mit den Fingern auf dem Tisch.

Die Glasvitrine ist beinahe leer: ein Teeservice, zwei große Gläser mit gelben Streifen, die Reste eines Services, eine Obstschale, eine Butterdose, ein Löffel; alles von einer feinen Staubschicht bedeckt. An der Wand hängt ein Abreißkalender, der mit dem Datum mehr als einen Monat im Rückstand ist.

Ich höre das Geräusch eines Besens im Hof: Es ist Maria, das Hausmädchen. Zwanzig Jahre leben sie und Oma allein im Haus. Ihr Zimmer geht zur Küche hinaus, die zum Hof führt: Nachts läßt sie dort schnell einen Mann herein. Im anderen Zimmer betet Oma im Dunkeln ein Drittel der großen schwarzen Rosenkranzperlen. Ihre tauben Ohren hören dann sogar den Atem der Liebenden. Sie erzählt es mit flüsternder Stimme den Mädchen und bittet, Maria nichts davon zu sagen. Sie sagen es trotzdem weiter: Dann kommt Maria nicht mehr, wenn sie gerufen wird, sie kocht süßen Kaffee, weil sie weiß, daß sie den bitteren lieber mag, läßt das Essen kalt werden, schüttet den Nachttopf nicht aus, beschimpft sie als undankbar, sagt, daß sie sie verlassen werde, und dann würde sie ja sehen, ob sie eine andere fände. Oma schluckt trocken, antwortet nicht und geht ins Zimmer und weint. Am nächsten Tag liegt sie im Bett, ihr ist übel, und mit erschrecktem Blick läuft Maria fassungslos durch das Haus, weint und betet zu Gott, er möge nicht den einzigen Menschen sterben lassen, den sie auf der Welt hat.

Der große Zeiger steht schon auf sieben.

Als ich kam, war der Tag noch hell und warm, und die Spatzen hüpften auf den Zweigen des Baums vor dem Fenster. Dann wurde es dunkel und kalt. Jetzt fällt ein feiner Nieselregen, und die Spatzen sind weg.

„Sag doch etwas. Warum bist du so schweigsam? Du bist wie dein Vater …“

„Es regnet.“

„Es regnet?“

Sie kann den Regen weder sehen noch hören.

„Von hier aus sehe ich nichts. Es ist traurig, wenn man nichts mehr sehen kann. Ich würde gern ein bißchen häkeln, es wäre eine Zerstreuung. Es gab eine Zeit, da habe ich das oft gemacht, vor Jahren, als meine Augen noch besser waren. Den ganzen Tag verbrachte ich mit Häkeln. Aber jetzt … Wenn ich wenigstens noch gut hören könnte, würde ich Radio hören – ich mag diese Nachrichtensendungen so gerne –, um zu erfahren, was in der Welt passiert, aber selbst wenn ich laut aufdrehe und das Ohr an den Apparat halte, bekomme ich viele Dinge nicht mehr mit. Es ist traurig. Schau mal, heute kam diese Karte, aber es ist, als hätte ich sie gar nicht erhalten, ich kann sie doch nicht lesen. Willst du für mich nachsehen, was da steht?“

„Wir teilen die Geburt unseres Sohnes mit“, lese ich laut den Inhalt der Karte von einem befreundeten Paar vor.

„Siehst du, das konnte ich einfach nicht lesen.“

Ihre Augen sehen mich an, aber sie sehen mich nicht.

„Regnet es immer noch?“

„Ja.“

„Was?“

„Ja!“

„Armer Estêvão, er muß da draußen zu so einer Zeit im Regen liegen … Sie wollten es mir nicht erzählen. Wenn sie es erzählt hätten, wäre ich zur Beerdigung gegangen. Wir sind schon so lange befreundet, seit der Kindheit. Wir waren in einer Klasse. Ich hatte nicht einmal gewußt, daß er krank war, sie haben mir alles verheimlicht. Er muß darunter gelitten haben, daß ich ihn nicht besucht habe, aber ich wußte von nichts. Als er beerdigt wurde, saß ich ahnungslos hier auf der Veranda. Als er krank wurde, habe ich ihn einmal besucht, er war so fröhlich, er wollte mich nicht gehen lassen: „Nein, mein Mädchen, bleib noch ein wenig, es ist noch früh …“

Sie fängt wieder an zu weinen. Was kann ich ihr sagen?

Der Zeiger erreichte die neun. Ich stehe auf. Sie hält meinen Arm fest.

„Nein, setz dich, geh nicht weg.“

„Ich muß gehen, Oma.“

„Nein, laß uns noch ein wenig plaudern, das Gespräch ist interessant.“ Ihre eiskalte Hand hält mich fest umklammert.

„Ich muß gehen, Oma, ich komme ein anderes Mal wieder.“

„Du kommst ja doch nicht.“

„Doch, ich komme wieder.“

„Laß uns noch ein wenig erzählen, ich muß hier im Zimmer bleiben und habe nichts zu tun, setz dich.“

„Ich muß wirklich gehen, sonst würde ich bleiben.“

„Und der Regen? Es regnet, und du wirst dich erkälten.“

„Das ist nur Nieselregen, der hört gleich auf.“

„Setz dich, laß uns noch etwas plaudern. Wir haben fast gar nicht geredet. Und das Fußballspiel am Sonntag, warst du da? Dein Vater sagte, du würdest hingehen, warst du da?“

„Ja, ich war da.“

„War es gut?“

„Ja.“

„Setz’ dich, laß uns reden.“

„Nein, Oma, ich muß wirklich gehen. Irgendwann komme ich wieder, und dann reden wir weiter. Jetzt muß ich gehen. Bitte gib mir deinen Segen.“

Ich umarme sie.

„Morgen komme ich wieder.“

Sie lächelt und sagt:

„Ja, komm’ vorbei.“

Aber sie weiß, daß es eine Lüge ist.

Licht unter der Tür

„Und wißt ihr, was der Typ getan hat? Stellt euch nur mal vor: Er hat mir eine wahnsinnige Liebeserklärung gemacht! Also, Leute, direkt vor meiner Haustür! Das ist doch wohl zu dreist, oder?"

„Und du?"

„Ich? Ich hab ihn sofort abblitzen lassen; so ein Witzbold, was hat der bloß gedacht, wer ich sei?"

„Wer ich bin."

„Gibt's hier jemanden, der nichts mehr zu trinken hat?"

„Stell mal den Plattenspieler leiser, oder sollen wir etwa schwerhörig werden?"

„Du wolltest gerade anfangen, mir etwas zu erzählen ..."

„Kafka? Lese ich gerade. *Der Prozeß*. Irre. Kafka jagt einem Schauer über den Rücken."

„Meine Kafka-Phase habe ich schon hinter mir. Ich lese gerade Sartre: *Le mur*, schon gelesen? Ist echt stark."

„*La nausée* gefällt mir besser."

„Tanzt ihr nicht?"

„Toninho, leg die Beatles auf."

„Hört mal zu, Leute, Guido, erzähl doch mal den einen Witz, der ist spitze, erzähl doch mal ..."

„Kennt ihr den nicht? Von den zwei Schwulen, die stricken? ..."

„Viertel nach elf, ich muß jetzt gehen."

„Bist du verrückt, Mann? Die Party fängt gerade an, jetzt wird es richtig gut, guck mal die beiden Mädels da, sind eben erst angekommen, hast du gesehen, wie die gebaut sind? ... Jetzt, wo es richtig abgeht, willst du gehen? Warum so eilig?"

„Ich hab's dir schon gesagt, meine Mutter hat Geburtstag, ich muß da hin."

„Du läßt hier alles stehen und liegen?"
„Es ist ihr Geburtstag, ich war heute noch nicht da."
„Dann gehst du eben morgen. Sie wird doch wohl nicht sterben, wenn du heute nicht kommst?"
„Das verstehst du nicht; sie wartet bestimmt auf mich, ich bin immer hingegangen."
„Du hast da sicher irgendein Eisen im Feuer und willst es nur nicht erzählen. Wo gibt's denn sowas, daß man von einer Party abhaut und zu Mama geht?"
„Was ist das Problem, Leute?"
„Die Mutter von Nelson."
„Was ist mit deiner Mutter passiert, Nelson? Ist sie krank?"
„Er sagt, er geht. Sie hat Geburtstag, und er geht hin. Ich habe ihm gesagt, daß ..."
„Weggehen? Kommt nicht in Frage. Du bist nicht mal eine Stunde hier."
„Ich muß mal bei ihr vorbeischauen, Maria, sie hat Geburtstag, und ich war noch nicht da."
„Um diese Uhrzeit? Deine Mutter schläft doch sicher schon."
„Nein, sicher nicht, das weiß ich."
„Ach, garantiert. Es ist schon nach elf. Du gehst einfach morgen hin."
„Ihr versteht das nicht."
„Ödipuskomplex ..."
„Nein, du kannst jetzt nicht gehen. Heb dir deine Mutter für später auf, warum zum Teufel – dir ist meine Party wohl ganz egal? Komm, ich schenk dir noch was ein."
„Nein, Maria."
„Gib's auf, Nelson; gieß ihm sein Glas voll, Maria, los."
„Wo ist dein Glas?"
„Nein, danke, Maria, ich bin schon weg."
„Verdammt noch mal, bist du verheiratet mit deiner Mutter, oder was ist los?"
„Ihr versteht das nicht."
„Hast du Angst, daß deine Mutter dich bestraft?"

„Der Ärmste, seine Mutter wird ihn bestrafen."

Als er aus dem Taxi stieg, sah er auf die Uhr: fünf Minuten vor Mitternacht. Unter der Tür war noch Licht, sie wartete auf ihn.

„Ich wußte, daß du kommen noch würdest."

„Die Senhora hätte nicht bis jetzt auf mich warten sollen. Mutter, es ist schon spät, ich könnte morgen wiederkommen."

„Ich bin nicht müde. Außerdem war ich sicher, daß du kommst. Du bist noch immer gekommen."

Die Mutter saß am Tisch und lächelte ihn glücklich an.

„War noch jemand hier?" fragte er.

„Ich habe Dulce an der Tür getroffen, sie hat sich an meinen Geburtstag erinnert und gesagt, sie würde kommen, ist sie aber nicht: Sicher hat sie es wieder vergessen. Ich habe auch an Rubens gedacht: Er kam immer, auch letztes Jahr hat er mich besucht, aber diesmal ist er nicht aufgetaucht, ich weiß nicht, warum."

„Das heißt, die Senhora hat den ganzen Tag allein verbracht?"

„Ja, aber das macht nichts; ich habe eine Handarbeit angefangen, an der ich jetzt sitze. Ich dachte, du würdest am Nachmittag kommen, und habe auf dich gewartet. Jedesmal, wenn ich Schritte im Hausflur hörte, dachte ich, du seist es, aber dann ging der Nachmittag vorbei, und als du nicht kamst, dachte ich, du hättest es dir für den Abend aufgehoben."

„Ich wollte früher kommen. Wenn ich früher gekommen wäre, hätte die Senhora nicht die ganze Zeit auf mich warten müssen."

„Ich bin nicht müde, alte Leute brauchen nicht viel Schlaf."

„Die Senhora ist nicht alt: Die Senhora ist eine Knospe, jawohl. Rede nicht mehr von deinem Alter." Er zwickte sie zärtlich in die Hand.

Die Mutter lächelte.

„Ich hab ein paar Flaschen Guaraná-Limonade gekauft, für den Fall, daß jemand kommt; aber es ist niemand gekommen ... Möchtest du eine? Ich habe auch die Plätzchen gebacken, die du so gerne magst ..."

Sie holte sie.

Sie schenkt ihm ein.

„Und die Senhora will nichts?"

„Spätabends mag ich nichts mehr."

„Am Montag werde ich der Senhora ein Geschenk bringen, heute morgen hatte ich keine Zeit, eines zu kaufen."

„Bloß keine Umstände, ich weiß, du hast nicht so viel Geld, und ich brauche sowieso nichts. Mein Geschenk ist, daß du gekommen bist …"

„Ich hätte den Tag mit der Senhora verbringen können."

„Du hast doch kaum Zeit, Nelson."

„Heute nachmittag hatte ich Zeit, ich hätte kommen können."

„Du bist jetzt gekommen, das reicht."

„Wenn ich gekommen wäre, hätte die Senhora nicht den Tag allein verbracht."

„Ich habe mit dieser Handarbeit angefangen."

Er nahm noch ein Plätzchen und trank einen Schluck Guaraná-Limonade.

„Und Álvaro? Ist der auch nicht gekommen?"

„Álvaro? Álvaro habe ich ewig nicht mehr gesehen, er kommt schon lange nicht mehr … Man wird alt, und die anderen Menschen ziehen sich immer mehr zurück …"

„Die Senhora ist nicht alt."

„Doch, Nelson, ich kenne zwar die Liebe meines Sohnes, aber ich bin alt: Siebzig Jahre ist allerhand."

„Großmutter ist fünfundneunzig geworden."

„Ich weiß, aber ich will nicht mehr lange leben. Wenn man ein bestimmtes Alter erreicht hat, macht man den anderen nur Arbeit. Ich will nicht mehr lange leben."

„Ich will es aber, Mama."

„Siebzig Jahre sind viel, das reicht. Man fängt an, sich müde zu fühlen, verliert den Spaß an den Dingen. Ich will nicht mehr lange leben."

„Doch, Mutter, möchtest du. Die Senhora muß es wollen." Er faßte ihr liebevoll ans Kinn:

„Du mußt es wollen, hörst Du?"

Die Mutter schlug die Augen nieder: Sie waren feucht.

„Warum weint die Senhora? …“

„Du hast so lange gebraucht, Nelson … Ich dachte schon, du kommst gar nicht mehr …“

„Ich bin immer gekommen, Mama.“

„Ich weiß, aber du hast so lange gebraucht … Du hast noch nie so lange gebraucht … Ich wollte nicht daran denken, aber ich dachte, jetzt würdest du nie mehr kommen … Ich hab auf dich gewartet, aber du kamst und kamst nicht …“

Sie hielt den Kopf gesenkt und weinte.

„Schon gut, Mutter“, sagte er und legte die Hand auf ihren Arm, „jetzt aber wein nicht mehr, ich bin ja schon da.“

„Aber ich wollte nicht daran denken … Ich weiß, daß du immer gekommen bist … Ich wollte nicht daran denken … aber du hast so lange auf dich warten lassen.“

„Schon gut, das spielt keine Rolle mehr. Aber jetzt hör auf zu weinen.“

Keine Indianer mehr, Vater?

„Mehr Schnaps“, sagte der Schwarzhaarige und schob das Glas vor.

„Kein Schnaps mehr“, sagte der Dicke und bemächtigte sich der Flasche, die auf dem Tresen stand. „Indianer tanzt jetzt; danach mehr Schnaps.“

„Schnaps“, sagte der Schwarzhaarige und versuchte, an die Flasche zu kommen.

„Später“, sagte der Dicke und versteckte die Flasche etwas besser. „Indianer tanzt jetzt“, und richtete seinen mächtigen Körper mit einem Hüftschwung auf und schaukelte den riesigen Wanst. „Indianer wird jetzt da vorne tanzen; alle werden Indianer tanzen sehen.“

Der Schwarzhaarige blieb stehen, blickte den Dicken an – mit dem Blick eines hungrigen und ängstlichen Hundes, der jemandem zusieht, wie er in einer Stehkneipe an der Landstraße ein Sandwich vertilgt. Der Dicke gab sich noch einen Schwung, hob die Arme hoch, hielt in einer Hand die Flasche und in der anderen das Schnapsglas, aus dem er trank. Der Schwarzhaarige lachte.

„Hm, das gefällt dir wohl?“ sagte der Dicke und lachte, wobei seine fetten Doppelkinnwülste wabbelten, während die Augen hinter den dicklichen Lidern verschwanden. „Jetzt ist Indianer an der Reihe; ‚bwana‘, du Indianer sein, Affe.“

„Affe, nein“, der Indianer schüttelte den Kopf.

„Gorilla“, sagte der Dicke und lachte wieder lauthals los.

„Gorilla, nein, Indianer.“

„Schimpanse.“

„Schimpanse, nein; Indianer, Indianer.“

„Orang-Utan.“

„Indianer“, der Schwarzhaarige schlug sich auf die Brust, „Indianer“.

Der Dicke bekam einen Lachanfall, sein Körper schwabbelte wie Gelatine. Er war außer Atem, rot angelaufen, die Tränen liefen ihm aus den Augen.

„Puh, ich kann nicht mehr, ich sterbe, dieser Indianer bringt mich um ..."

„Jetzt Schnaps", sagte der Schwarzhaarige.

„Was heißt hier Schnaps, du Strolch", sagte der Dicke mit gebieterisch werdender Stimme und richtete sich auf.

„Tanz erstmal, tanz da vorne, dann kriegst du Schnaps; viel Schnaps, guck mal", streckte er den Arm nach oben aus und zeigte die Schnapsflasche.

Da machte der Schwarzhaarige eine Schrittfolge und eine ungeschickte Hüftbewegung vor dem Dicken.

„Mein Gott", sagte der Dicke, lachte wieder und richtete sich an die Kollegen, die an den Nachbartischen saßen: „Habt ihr das gesehen? Samba von Eingeborenen. Dieser Indianer bringt mich heute noch um ... So was habe ich noch nie gesehen ..."

Er wandte sich von neuem an den Schwarzhaarigen: „Da vorn, wo alle hingucken, da tanzen, dann kriegst du Schnaps."

Der Schwarzhaarige gehorchte schließlich. Schwerfällig und leicht schwankend ging er nach vorn, zu der freien Fläche zwischen den Tischen und vor der Theke. Dann blickte er zum Dicken hinüber.

„Na, los", spornte der Dicke ihn an.

Der Schwarzhaarige fing mit unkoordinierten und groben Bewegungen so etwas wie einen Tanz an, er warf die Arme nach oben und stampfte mit den Füßen auf dem Dielenfußboden. Der Dicke schüttelte sich vor Lachen. Die meisten lachten.

„Weiter, weiter", rief der Dicke und klatschte Beifall.

Der Schwarzhaarige bewegte sich noch schneller, die Zurufe und sein in Schwung geratener Körper feuerten ihn an. Plötzlich verlor er das Gleichgewicht, drehte sich um sich selbst und landete auf seinem Gesäß. Der Dicke lachte so heftig, daß er sich am Tresen abstützen mußte.

Mit dümmlicher Miene, als hätte er noch nicht begriffen, was mit ihm geschehen war, saß der Schwarzharige auf dem Boden und schaute in die Runde, auf das vor Lachen grölende Publikum. Schließlich kam der Dicke, beugte sich zu ihm herab und zeigte ihm die Flasche. Als dieser sie fassen wollte, zog er die Flasche wieder weg und kicherte; der Schwarzhaarige zog sich mit ausgestrecktem rechtem Arm hoch, und der Dicke lief rückwärts: „Komm, komm, komm ..."

Ein Mann, der am äußeren Ende des Tresens stand, rief den Kneipenbesitzer zu sich, der ebenfalls der Szene beiwohnte und sich nur mühsam das Lachen verkniff.

„Wieviel macht das?"

„Vier Teigtaschen und zwei Limo? Macht sechsundzwanzig."

Der Mann zückte die Brieftasche, nahm das Geld heraus und zahlte. Er nahm den Jungen an die Hand.

„Komm, wir gehen."

Bevor sie hinausgingen, blickte der Mann noch einmal auf das Spektakel, das sich in der Mitte des Raumes abspielte: Dem Schwarzhaarigen war es gelungen, den Schnaps zu erwischen, den er jetzt direkt aus der Flasche trank, während der Dicke zusah und lachte.

Draußen war es dunkel; es war eine Nacht ohne Mondschein. Die beiden stiegen in den Käfer; der Wagen machte eine Kurve, bog in die Auffahrt ein und fuhr auf die Autobahn. Sie fuhren eine Weile schweigend.

„Bist du müde?" fragte der Mann.

Der Junge verneinte mit einem Kopfschütteln.

Sie fuhren noch eine Weile. Es war Sonntag, auf der Straße war viel Betrieb, und man mußte aufpassen.

„Vater", sagte der Junge.

„Was?"

„Warum hat dieser dicke Mann zu dem anderen ‚Indianer' gesagt?"

„Weil er Indianer ist."

„Er ist Indianer?"

Der Mann nickte mit dem Kopf und sah auf die Straße.

„Ein echter Indianer, Vater?“
„Ein echter.“
„Aber warum war er angezogen?“
„Er ist ein zivilisierter Indianer.“
„Was ist ein zivilisierter Indianer?“
„Ein Indianer, der aufgehört hat, Indianer zu sein.“
„Er hat aufgehört, Indianer zu sein?“
Der Vater antwortete nicht; er paßte auf den Tanklastwagen auf, der vor ihm fuhr, und wartete auf den geeigneten Moment, ihn zu überholen. Als es ging, überholte er ihn und hatte wieder freie Bahn.
„Vater, hat er keinen Tanga mehr?“
„Tanga?“ Der Vater wandte sich seinem Sohn zu.
„Der Indianer, Vater.“
„Hm.“
„Er hat keinen Tanga mehr?“
„Ich glaube nicht.“
„Und keinen Bogen?“
„Ich glaube nicht.“
„Warum sagst du: ich glaube?“
„Weil ich nicht sicher bin, und wenn man sich nicht sicher ist, sagt man: ‚ich glaube‘. Verstehst du das?“
„Ich glaube, ja.“
Der Vater lachte und strich dem Jungen mit der Hand über den Kopf.
„Windpocke.“
„Harlekin“, antwortete der Junge.
„Pororoca.“
„Gauner.“
„Filisbino.“
„Nicht Filisbino, Vater, du hast versprochen, das nicht mehr zu sagen.“
„Dann eben Florisbundo …“
„Florisbundo?“ Der Junge lachte. „Wer ist Florisbundo?“
„Das ist der Bruder von Filisbino.“
„Ach, Vater“, murmelte der Junge.

Der Vater achtete wieder mehr auf die Straße; sie fuhren durch eine lange, ziemlich gefährliche Kurve. Die beiden schwiegen und ließen die Wagen vor ihnen nicht aus den Augen.

„Vater, warum hat der Indianer aufgehört, Indianer zu sein? – Wollte er kein Indianer mehr sein?"

„Ich weiß es nicht, mein Junge. Ich glaube nicht. Den Indianern gefällt es, Indianer zu sein, es gefällt ihnen, die Dinge zu tun, die sie tun. Sie gehen gern im Tanga oder nackt, jagen und fischen gern, und vieles mehr. Genau wie du, wenn du auf die Fazenda gehst; es gefällt dir doch auch, im Bach zu schwimmen, auf die Bäume zu klettern und mit Ton zu spielen?"

„Das gefällt mir."

„Eben, den Indianern gefällt es auch, diese Dinge zu tun."

„Warum hat dann dieser Indianer aufgehört, Indianer zu sein?"

„Weil die anderen es wollten."

„Welche anderen?"

„Die anderen, die Weißen, die Zivilisierten ..."

„Du auch, Vater?"

„Glaubst du, daß dein Vater so etwas wollen könnte?"

Der Junge wurde nachdenklich und antwortete nicht.

„Und warum wollten sie, daß der Indianer aufhörte, Indianer zu sein?"

„Das ist die Zivilisation."

„Was ist Zivilisation, Vater?"

„Zivilisation? Ein Haufen Scheiße."

Der Junge lachte.

„Vater, darf ich etwas sagen, darf ich?"

„Du darfst."

„Mir gefällt es, wenn du dummes Zeug redest."

Der Vater lachte und sah den Jungen zärtlich an.

„Elefantenfurz", sagte er.

„Stutenpisse", antwortete der Junge.

Beide lachten.

„Vater, warum redet Mutter kein dummes Zeug, und warum mag sie es nicht, wenn ich so rede?"

„Weil deine Mutter zivilisiert ist."
„Und du?"
„Ich nicht. Ich bin ein Indianer."
„Und ich, was bin ich?"
„Du bist auch ein Indianer. Du bist ein kleiner Indianer."
„Und der Dicke?"
„Welcher Dicke?"
„Der Dicke aus der Kneipe, Vater."
„Hm."
„Er ist zivilisiert, oder nicht?"
„Der Dicke? Oh ...", der Vater lachte. „Das ist ein echter Zivilisierter, der größte Zivilisierte der Welt."
„Und wer ist außerdem noch Indianer?"
„Wer noch? Es gibt wenige Indianer. Es gibt immer weniger Indianer. Und bald wird es keinen Indianer mehr geben."
„Gar keinen mehr, Vater?"
Der Vater antwortete nicht. Der Junge schaute erwartungsvoll auf sein Gesicht.
„Eh, Vater: keinen Indianer mehr?"
Der Vater schüttelte den Kopf, ganz langsam, schaute streng geradeaus – aber es war nicht wegen der Straße, der Junge wußte das; und er wußte auch, daß wenn der Vater sich so verhielt, er nicht wollte, daß man weiter mit ihm spricht.
Also schwieg auch er. Und er stellte sich eine Welt vor, in der es keine Indianer mehr gäbe, eine Welt, in der niemand mehr einen Indianer sähe und niemand mehr von einem Indianer spräche, weil es keinen Indianer mehr gäbe. Es gelang ihm nicht, richtig zu begreifen, wie das wäre, aber er spürte, wenn es wirklich geschähe, dann wäre es eine sehr schlimme und sehr traurige Sache – genauso schlimm und traurig, wie die eigene Mutter zu verlieren.

Regen

Vom Fenster aus hatte er den Regen einsetzen sehen. Er sah ihn dann heftiger werden, bis er in ein Gewitter überging. Er schloß das Fenster und setzte sich auf das Bett. Er überlegte, was er unternehmen könnte. Es war Samstag nachmittag. Er sah sich die Dinge im Zimmer an, aber *nichts* brachte ihn auf eine Idee. Es gab hier nichts zu tun, und wegen des Regens konnte er nicht hinausgehen. Er nahm die große Flasche Wein, die neben dem Bett stand, und goß sich ein Glas ein. Während er trank und das Prasseln des Regens vernahm, sinnierte er weiter, was er tun könnte.

Als es im Zimmer dunkel wurde und er das Licht einschaltete, regnete es noch immer. Er ging zum Fenster, öffnete es und sah auf die Straße. Die Nacht brach herein, die Straßenlampen brannten schon. Der Regen hatte nachgelassen, es war kalt. Auf dem Gehweg hatte sich ein Rinnsal gebildet. Leute mit Regenschirmen gingen vorbei. Ein magerer Hund schlich langsam über den Bürgersteig, blieb an der Tür zur Kneipe stehen und schüttelte sich das Wasser aus dem Fell.

Er setzte sich wieder auf das Bett, schenkte ein wenig Wein nach und überlegte dann, was er abends unternehmen sollte. Hin und wieder sah er zum Fenster: Es war schon dunkel, und er sah nichts, hörte aber das Geräusch des Regens. Es schien, als würde er in dieser Nacht überhaupt nicht mehr aufhören.

Während er noch darüber nachdachte, was er tun könnte, zog er sich an. Dann kämmte er sich, band eine Krawatte um und schlüpfte in ein Jackett. Er warf den Regenmantel über den Stuhl und sah zum Fenster hinaus. Es war schon dunkel. Der Hund hatte sich vor die Kneipentür gelegt.

Der Mann zog den Mantel an und setzte sich auf das Bett, um

auszutrinken. Er grübelte weiter. Eine Freundin hatte ihn gebeten, sie abends anzurufen. Ein Freund hatte ihn zu sich nach Hause eingeladen. Ein anderer hatte ihn zu einer Party im Haus eines Dritten bestellt. Und dann war da diese Bekannte, der er versprochen hatte, sie an einem Samstag zu besuchen. Außerdem gab es Arbeitskollegen, die sich jeden Samstag in der Kneipe trafen. Und das Kino … Nachdenklich nippte er an dem Wein und blickte zum Fenster.

Noch war es nicht acht Uhr, er stand am Fenster und sah dem Regen zu. Ein paar vereinzelte Leute gingen vorbei. An anderen Tagen, bei Sonnenschein, war die Straße auch nicht viel belebter. Der Hund vor der Kneipentür wurde verscheucht, jaulte auf und flüchtete auf die Straße, wo er im Regen stehenblieb, um dann langsam mit eingezogenem Schwanz über den Bürgersteig zu trotten. Unter dem Fenster hielt er an und wühlte in einem Mülleimer. Der Mann pfiff nach ihm: Der Hund hob ein wenig den Kopf und wühlte weiter, wollte schon weglaufen, als der Mann erneut pfiff: Er blieb stehen, schaute sich suchend um. Der Mann verließ das Zimmer, ging den Flur entlang bis zu Tür und pfiff nochmal: Der Hund entdeckte den Mann, verharrte aber an derselben Stelle, sah ihn an. Der Mann lockte mit dem Finger: Der Hund wedelte leicht mit dem Schwanz. Der Mann rief ihn: Er kam angelaufen und blieb in der Nähe des Mülls stehen. Der Mann lockte ihn näher zu sich heran: Er kam ein wenig näher und blieb wieder stehen. Der Mann trat aus dem Flur heraus und hoffte, er werde ihm folgen. Von der Tür aus konnte der Mann ihn im Dunkeln erkennen, wie er am Flureingang stand. Der Mann pfiff, und der Hund kam herein, der weißliche Fleck kam leuchtend näher, bis er plötzlich stehenblieb. Der Mann ging wieder hinein, ließ die Zimmertür offenstehen, einige Minuten später stand der Hund davor: klein, mager, vom Regen triefendnaß, er zitterte. Der Mann rief ihn ins Zimmer: Er wandte den Kopf noch einmal zum Eingang um, zögernd, und kam dann herein.

Er ließ ihn gewähren, damit der Hund sich an das Zimmer gewöhnte, aber der Hund schien sich nicht dafür zu interessieren, sondern blieb in der Nähe der Tür stehen und sah den Mann an.

Der Mann lockte mit dem Finger: Der Hund wedelte mit dem Schwanz. Der Mann war überzeugt, daß er nicht weglaufen würde, und holte Milch und einen Teller aus dem anderen Zimmer. Als er zurückkam, befand sich der Hund noch an derselben Stelle, hatte sich aber schon hingelegt, eingerollt wie vor der Kneipentür und zitterte. Der Hund beobachtete, wie der Mann näherkam, hob aber den Kopf nicht. Der Mann stellte die Milch auf den Boden: Der Hund beobachtete ihn, rührte sich aber nicht. Sollte er vor kurzer Zeit gefressen haben, oder war er so schwach, daß er keinen Hunger hatte? Er schob den Teller näher zu dem Hund, der es registrierte und blinzelte. Der Mann ließ den Teller am Boden stehen und setzte sich auf das Bett.

Er will nicht fressen, dachte der Mann. Der Hund hatte keinen Hunger. Er wollte nur einen Ort, wo es nicht regnete und wo er schlafen konnte. Oder nicht einmal schlafen, denn er hielt die Augen nur halb geschlossen. Er wollte nur einen Platz, an dem es nicht regnete und an dem er ungestört bleiben konnte. Er zitterte noch immer. Manchmal beruhigte er sich, doch sogleich setzte das Zittern wieder ein. Ab und zu blickte er, ohne den Kopf zu heben, verstohlen zu dem Mann hin, aber er schien nicht mißtrauisch zu sein oder Angst zu haben, er blickte ihn an, um sich seiner Gegenwart zu versichern. Trotzdem sagte der Mann:

„Du brauchst keine Angst zu haben. Ich werde dir nichts tun."

Er goß noch ein wenig Wein ins Glas. Trank einen Schluck, sah dann zum Fenster. Er hatte noch immer nicht entschieden, was er machen würde.

„Es gibt verschiedene Möglichkeiten", sagte er laut. „Ich muß mich für eine entscheiden. Aber genau genommen läuft alles auf dasselbe hinaus. Tja. Eigentlich ist alles egal, ob es die Telefonfreundin ist oder der Freund mit dem Fest. Oder die Arbeitskollegen."

Der Hund wackelte mit einem Ohr.

„Verstehst du?"

Er mußte ihm einen Namen geben. Tiu. Einfach so: Tiu. Hörte sich gut an.

„Verstehst du wie das ist, Tiu? Wir haben Lust auf irgend etwas, also gehen wir aus. Wir suchen andere Menschen, Stimmen, Leben, Trubel, all das. Aber dann kommen wir zurück, einmal müssen wir ja zurückkehren. Wir kommen zu Hause an und ... Verstehst du? Ich halte dich doch nicht vom Schlafen ab, oder?"

Der Hund hob den Kopf ein wenig und sah zum Teller hin. Vielleicht, wenn er jetzt weiterredete, würde er sich aufraffen, die Milch zu trinken. Eigentlich sollte er sie trinken, wenigstens ein paar Mal mit der Zunge schlecken. Er hatte die Milch doch extra für ihn geholt. Er könnte wenigstens probieren. Vielleicht müßte er dem Hund nur noch ein wenig zureden. Er schien jetzt munterer zu sein.

„Genau. Es ist so, wie ich es dir sage. Ihr fühlt das nicht so. Zum Glück. Aber Menschen sind anders, Menschen fühlen. Das ist es, was sie leiden läßt, was ihnen wehtut."

Er kippte den Rest Wein aus dem Glas hinunter und griff sofort wieder zur Weinflasche: Mit der Flasche in der einen und dem Glas in der anderen Hand starrte er einen Augenblick in die Luft. Dann führte er die Bewegung zu Ende und füllte das Glas erneut bis zur Hälfte. Er stellte die Flasche wieder auf dem Boden ab.

Durch das offene Fenster hörte er das Geräusch des Regens. Er konnte sogar das Rinnsal hören – oder war es Einbildung? In Gedanken sah er eine nasse Straße vor sich, Tropfen sprengten gegen die Straßenlampen, Menschen gingen unter Schirmen vorbei. Er sah andere Regenlandschaften an anderen Tagen, anderen Orten, mit anderen Menschen, Geräuschen, Stimmen, Gesprächsfetzen und Jauchzern. Das dauerte eine Weile, er sah zum Fenster, hatte das Getränk und den Hund vergessen, bis er sich wieder an beides erinnerte. Er nahm noch einen Schluck und sagte zu dem Hund:

„Das ist es, warum wir trinken. Genau deswegen. Aber ihr habt keinen Grund dazu. Ihr braucht nicht zu trinken. Es wäre gut, wenn wir es auch nicht müßten. Natürlich trinke ich gerne mal was. Aber das ist es nicht. Wir fühlen diesen Druck, der uns zum Saufen bringt. In dem Augenblick tut es gut. Ich finde es zum Beispiel gut, jetzt hier zu sein und zu trinken. Aber morgen werde ich traurig sein. So ist das. Nein, das ist es nicht genau. Das trifft es nicht genau. Ich will sagen: Die Tatsache, daß ich jetzt hier trinke, daß ich allein in diesem Zimmer trinke: Das ist nicht lustig. Nein, wirklich nicht. Es gibt lustige Dinge, aber das nicht. Es könnte alles anders sein. Will sagen: Anstatt daß ich hier allein in diesem Zimmer trinke, könnte es anders sein. Das wollte ich eigentlich sagen, verstehst du? Ich weiß nicht, irgendwie drücke ich mich nicht klar aus. Ich glaube, ich kann mich nicht klar ausdrücken."

Der Hund rollte sich wieder zusammen, aber seine Lider waren nicht ganz geschlossen. Er schien nicht schlafen zu wollen. Er wollte nur dort liegen, solange es regnete oder dieser Mann nicht müde wurde, mit ihm zu reden. Er zitterte nicht mehr, was der Mann mit einer gewissen Befriedigung feststellte. Er dachte daran, aus der Küche irgendeine alte Decke zu holen, auf der der Hund sich besser aufwärmen könnte, aber dann kam ihm etwas anderes in den Kopf und er vergaß es.

Er schüttelte den Kopf:

„Nein, du kannst das einfach nicht verstehen."

Sicher, es war nur ein Hund, und der konnte nichts verstehen. Hatte er schon einen sitzen? Er sah auf das Glas in seiner Hand. Er hatte knapp zwei getrunken, es war noch zu früh, um betrunken zu sein. Nach dem vierten Glas, okay, aber nach nur zweien, das war wirklich zu früh. Er goß sich das dritte ein.

Er war nicht betrunken, es war nur die Art, sich mit dem Hund dort zu unterhalten, was ja nichts Schlechtes war. Es sah ja niemand zu. Er hatte Lust zu reden, der Hund war ein guter Zuhörer: Er stellte keine Fragen, bat ihn nicht weiterzureden, wenn er sich unterbrach. Einfach ein guter Zuhörer.

„Du bist ein guter Kamerad, Tiu. Verstehst du, was ich sage? Nein, natürlich nicht, du bist nur ein Hund, ein Tier. Trotzdem finde ich es gut, hier mit dir zu sprechen. Die Zeit vergeht, der Regen hört auf, dann wirst du fortgehen können. Oder besser: Ich werde dich verjagen müssen, denn du wirst nicht weggehen wollen. Ich werde es tun müssen. Ich kann dich nicht behalten, ich wohne allein, arbeite den ganzen Tag über außer Haus, ich könnte mich nicht um dich kümmern. Verstehst du? Das geht nur, solange der Regen anhält. Danach mußt du auf die Straße zurück. Aber fürs erste brauchst du dich nicht sorgen, du kannst ruhig hierbleiben. Dieser Regen wird nicht so bald aufhören. Solange werden wir uns unterhalten. Eigentlich wollte ich ausgehen. Ich hatte schon meinen Anzug angezogen, hab' mir das Haar gekämmt ... und hier bin ich. Ich trinke und rede mit mir selbst. Witzig. Ich hab' mir sogar schon den Regenmantel angezogen. Ich geh' nicht mehr aus. Ich könnte diesen Mantel eigentlich ausziehen. Es gibt keinen Anlaß mehr wegzugehen. Geht es uns nicht gut? Du liegst eingerollt da, und ich trinke hier meinen Wein. Was fehlt uns noch? Übrigens weiß ich gar nicht genau, ob ich wirklich ausgegangen wäre. Es stimmt, daß ich mich angezogen habe und so weiter, aber wie oft schon bin ich dann doch nicht ausgegangen? Oft genug. Ich schiebe es vor mir her, finde hier und da etwas zu tun, gehe am Ende nicht weg. Mir war nicht klar, daß es heute auch so sein würde, aber es ist schon oft so gekommen. Manchmal möchte ich ausgehen, habe Lust und will es am Ende doch nicht. Ich weiß nie genau, ob ich will oder nicht. Es gibt dieses Bedürfnis, von dem ich erzählte: Leute, Lärm, Trubel. Dann gibt es die Heimkehr. Man kommt traurig nach Hause. Trauriger als man weggegangen ist. Das ist das Schlimmste. Ich weiß nicht, warum, die Leute machen mich immer traurig. Aber wenn ich allein zu Hause bleibe, werde ich auch traurig. Ich meine: Es gibt keine Lösung. Jetzt bin ich hier und trinke, rede und irgendwie denke ich, daß ich fröhlich bin. Bin ich aber nicht. Ich weiß, daß ich es nicht bin. Wie kann einer fröhlich sein, der allein in einem Zimmer säuft und mit einem Hund spricht? Vor allem in so einer Regennacht wie dieser und an einem Samstag, wenn alle Welt unterwegs ist, in Kneipen, Kinos und Klubs und redet, lacht, tanzt und alles mögliche macht? Das ist nicht witzig. Aber wenn ich ausgegangen wäre? Weiß schon: die Heimkehr, das Betreten dieses Zimmers, die Augen starren ins Dunkel und dieses Gewicht, das auf dem Herzen lastet. Es ist schwer. Sehr schwer. Es nützt nichts, darüber nachzudenken. Ich sollte an etwas Angenehmeres denken. Du, Tiu, verstehst das nicht, weil du ein Tier bist, aber ich werde dir etwas sagen: Menschen sind sehr traurige Wesen. Deshalb trinken die Menschen, trinke ich hier und trinkt alle Welt. Der Alkohol läßt die Menschen ein wenig vergessen. Danach wird es allerdings schlimmer, Alkohol steigert die Traurigkeit, und man wird noch trauriger. Aber für den Augenblick ist er gut, er hilft. Wenigstens ein bißchen sollten wir vergessen können. Dafür ist der Alkohol gut, für mich und für alle anderen. Deswegen, genau."

Der Hund hatte die Augen geschlossen und schien endlich zu schlafen: Sein Körper hob und senkte sich in einem gleichmäßigen und ruhigen Rhythmus.

Der Mann starrte wieder auf das Fenster, durch das das Geräusch des Regens hereindrang, er hielt das Weinglas in der Hand und hatte aufgehört zu reden.

Luxus

Dann nahm er den Plan, breitete ihn langsam auf dem Tisch aus und sagte:

„Wir müssen einige Änderungen vornehmen …"

„Änderungen?", fragte ich.

„Wir müssen das Wohnzimmer um fünfzig Zentimeter vergrößern."

„Fünfzig Zentimeter?" wollte ich wissen.

„Es ist recht klein."

„Klein?"

„Sie wissen," sagte er: „die Leute wollen immer größere Wohnzimmer; wenn das Wohnzimmer groß ist, kann der Rest der Wohnung beliebig groß sein."

„Stimmt", antwortete ich, „ich weiß, aber …"

Ich erklärte ihm also, daß für sein Vorhaben, nämlich das Wohnzimmer an dieser Wand um fünfzig Zentimeter zu erweitern, ich fünfzig Zentimeter vom Bad des Dienstmädchens wegnehmen müßte, und das Bad, das sowieso schon klein war, dann so groß wie eine Streichholzschachtel wäre – es hätte dann die Größe des kleinen Bades aus einem Witz.

„Witz?" fragte er: „Was für ein Witz?"

„Kennen Sie den nicht?" fragte ich ihn.

„Nein", sagte er, „ich kenne keinen einzigen Witz."

Ich erzählte: „Also, ein Typ vernaschte das Dienstmädchen im Badezimmer eines Appartments, die zwei waren gerade voll bei der Sache. Nachdem es gekommen war, fragte das Mädchen, als es sah, daß der Typ weitermachte: ‚Bist du noch nicht gekommen, Liebling?' ‚Doch, gekommen bin ich schon', antwortete er. ‚Jetzt versuche ich gerade, meinen Arsch von der Klinke zu kriegen.'"

Er lächelte, lächelte süßsauer.

„Der Witz ist gut", sagte er, „das ist ein guter Witz; aber das Wohnzimmer wird noch schöner werden, wenn wir es um fünfzig Zentimeter vergrößert haben."

Ich sagte, ich könne dem nicht zustimmen.

„Warum?" fragte er, „wo liegt das Problem?"

Ich antwortete, daß es kein Problem gebe.

„Ich kann dem nicht zustimmen," sagte ich, „es ist eine Frage der Menschlichkeit."

„M e n s c h l i c h k e i t?", fragte er. „Das Badezimmer eines Dienstmädchens um fünfzig Zentimeter zu verkleinern soll ein Mangel an Menschlichkeit sein?"

„Das kommt darauf an. Manchmal schon", sagte ich.

„Und hier ist es der Fall?" wollte er wissen.

„Ich denke schon", antwortete ich.

„Es reicht nicht zum Scheißen für das Dienstmädchen?"

„Okay", sagte ich, „wenn sie es von der Beckenseite tut, dann geht's."

„Also?", sagte er. „Entscheidend ist doch, *daß es reicht*; von der Seite oder von vorn ist dabei unwichtig."

„Wirklich?" fragte ich.

„Für mich schon", erwiderte er.

„Scheißen Sie von vorn oder von der Seite?" wollte ich wissen.

„Ich scheiße von vorn, verdammt, aber was soll das? Viele Dienstmädchen haben zu Hause gar nichts, wo sie hinscheißen können, und müssen in den Graben scheißen."

„Na, und?"

„Na, und? Na, verdammt, für den, der nichts zum Reinscheißen hat, ist das Scheißen auf einem Klo schon Luxus, von vorn oder von der Seite, im Stehen oder auf dem Kopf."

„Weiß schon …"

„Also ist doch alles klar!"

„Hm …"

„Sehen Sie", erklärte er, „lassen Sie uns doch einmal ganz nüchtern überlegen: Wie oft am Tag scheißt ein Mensch?"

„Weiß nicht“, erwiderte ich, „Bin kein Experte im Scheißen.“

„Wie oft?“ fragte er.

„Gut“, sagte ich, „wenn die Person keine Verstopfung hat, scheißt sie mindestens einmal am Tag, glaube ich.“

„Also?“ fragte er, „was bedeutet es, einmal am Tag zu scheißen, mit, sagen wir, ein bißchen weniger Komfort? Ist das zuviel verlangt?“

„Ich glaube schon“, sagte ich.

„Wenn jemand allerdings mehrere Male am Tag scheißen muß ...“, sagte er.

„Wer Durchfall hat, muß das zum Beispiel“, erwiderte ich.

„Aber, zum Teufel nochmal, bauen wir ein Hochhaus für Dienstmädchen mit Durchfall, oder was? ...“

„Warum nicht?“ fragte ich, „sind Dienstmädchen denn keine Menschen?“

„Verdammt, na klar sind es Menschen; doch merken Sie sich nur zwei Dinge: Ich werde kein Hochhaus bauen, ich werde keine Investition in der Höhe von Millionen von Dollar für Dienstmädchen mit Durchfall tätigen. Wäre da jemand dagegen?“

„Ich wäre dagegen.“

„Tatsächlich?“

„Ich wäre dagegen.“

„Das soll heißen, Sie würden ein Hochhaus für Millionen von Dollar für Dienstmädchen bauen, die Durchfall haben ...“

„Ich würde das tun.“

„Sehr schön ...“, raunzte er.

Dann rollte er schnell den Plan zusammen und reichte ihn mir:

„Dann tun Sie das: Bauen Sie Ihr Hochhaus für Dienstmädchen, die Durchfall haben.“

„Und Sie?“, sagte ich. „Warum scheißen Sie eigentlich nicht auf dem Kopf?“

Nein, das sagte ich nicht. Aber ich hätte es sagen sollen.

Nachwort

Die Erzählungen der vorliegenden Anthologie befassen sich mit unspektakulären Menschen. Luiz Vilela beschreibt ihren Alltag, ihre Sorgen, Ängste und Nöte. Seine Tonlage ist humorvoll und ironisch, seine Erzählweise fast filmisch; intensiv arbeitet der Autor mit Bildern und Dialogen, nicht ohne musikalischen, rhythmischen und atemtechnischen Vorgaben zu folgen: Selbst bezeichnet er sich als ausgesprochen musikalisch, Kritiker vergleichen seine Texte mit Kadenzen. Vilela sieht sich als schriftstellerischen Komponisten: Schreiben ist für ihn immer auch ein Ringen mit der Sprache, mit ihrem Klang, er liest sich seine Texte immer wieder laut vor, um Satzbau und Atemrhythmus in Einklang zu bringen. Es sind keine Erzählungen über glückliche Tage, sondern Geschichten, die den Atem stocken lassen.

Beispielsweise bei dem Jungen in der Erzählung *Schöne Beine*, der eines Tages als Erwachsener zurück zu seinem Therapeuten geht, um ihm von seinem Freund zu berichten, der zur selben Zeit wie er Patient gewesen war und, offensichtlich nach einer Überdosis Therapie, Selbstmord begangen hat.

Oder bei dem Fußballspieler aus *Mit dem Ball abhauen*, der seinem Gegner das Bein zerschossen und ihm damit mehr als nur eine vielversprechende Fußballerkarriere zerstört hat und der erst nach Jahren den Weg zu ihm findet, um sich zu entschuldigen.

Oder gar in der Erzählung *Frosch im Hals*, in der der Protagonist die Tochter eines Freundes wiedertrifft, die infolge eines Unfalls querschnittgelähmt ist und die ihn einst erotisch angezogen hatte, wobei die Wiederbegegnung wieder ein Phantasieren über ein erotisches Abenteuer auslöst, zu dem es nie gekommen war und nun auch niemals kommen wird.

Grenzbereiche menschlichen Verhaltens auszuloten, fehlende Courage und Realitäten zu erfassen, das sind die zentralen Anliegen dieses Autors, der mit leisen Texten die schreiende Gewalt des brasilianischen Alltags auf den Punkt bringt. Die Geschichten spielen sich vor den Augen des Lesers ab, sie finden in Gesprächen, in klar gezeichneten Umgebungen statt, in den 'Situationen dazwischen': im Auto, auf der Straße, beim Kartenspiel, im Restaurant. Die Menschen befinden sich in entscheidenden Situationen, an toten Punkten oder möglichen Wendepunkten im Leben. Es sind Erzählungen vom Scheitern, das nicht als solches ausgewiesen ist. Im Beiläufigen führt der Autor mit messerscharfem Blick menschliches Unvermögen, Vorurteile, Versagen vor, oft im Grotesken. Die Geschichten gehen deshalb direkt unter die Haut. Tabus, wie sie allerorts zu finden sind – Tod, Alter, Einsamkeit, Krankheit, Beziehungslosigkeit, soziale Kluften zwischen arm und reich und Probleme von Minderheiten – werden ohne moralinsauren Unterton angesprochen. Damit bricht er mit traditionellen Klischees, die der brasilianischen Literatur zugedacht werden: Karneval, Erotik, Sinnesrausch. Er beobachtet den Alltag meist einsamer Menschen und zeigt ihre kleinen Dramen auf, die eigentlich die wirklich großen im Leben eines jeden sind. Insofern ist Luiz Vilela ein Autor von Weltliteratur, und die vorliegende Auswahl von Erzählungen will dem deutschen Publikum seinen Beitrag dazu zeigen. Hierzulande ist er bislang noch weitgehend unbekannt, in Brasilien gehört er zu den wichtigen zeitgenössischen Autoren, und an brasilianischen Schulen und Universitäten zählt er zu den meistgelesenen. Seine Arbeiten wurden in mehrere Sprachen übersetzt.

1942 wurde Luiz Vilela in Ituiutaba im brasilianischen Bundesstaat Minas Gerais geboren. Mit dreizehn schreibt er seine erste Geschichte. Er studierte Philosophie in Belo Horizonte und schloß sich mit weiteren namhaften Schriftstellern aus Minas Gerais, wie Roberto Drummond, Sérgio Sant'Anna, Henry Corrêa de Araújo, Luiz Gonzaga Vieira u.a. zusammen. Gemeinsam gründeten sie die Zeitschrift *Estória* und das literarische Avantgardemagazin *Texto*, das in den Kreisen der Literaturkritik breite Anerkennung fand. 1967 veröffentlicht er seine Erzählungen *Tremor de terra* (Erdbeben), für die er sogleich den Nationalen Literaturpreis erhält. Er ist ganz Autor seiner Zeit, denn Mitte der sechziger, vor allem aber in den siebziger Jahren erfuhr die Kurzgeschichte in Brasilien einen Boom, der nicht zuletzt auf die politischen Verhältnisse der Militärdiktatur zurückzuführen ist. Da diese literarische Gattung verstärkt mit Ellipsen und Anspielungen arbeitet, war Kritik am Regime oder den Verhältnissen zwar angedeutet, war aber nur zwischen den Zeilen zu lesen. Wie Rubem Fonseca, Ignácio de Loyola Brandão, Fernando Sabino, um nur einige zu nennen, stellt sich Luiz Vilela auf die Seite der Antihelden, derer, die im Schatten des Wirtschaftswunders leben.

1968 zieht Vilela nach São Paulo, wo er als Journalist bei der Tageszeitung *Jornal da Tarde* arbeitet. Seine Großstadterfahrung kondensiert er in dem Roman *O inferno é aqui mesmo* (Die Hölle ist genau hier).

Später nimmt er am *International Writing Program* in Iowa, USA, teil, wo er neun Monate bleibt und seinen ersten Roman *Os Novos* fertigstellt. Danach bereist er Europa und besucht Irland und Spanien. Wieder zurück in Brasilien läßt er sich in Ituiutaba, Minas Gerais, nieder. Beeindruckt durch die Veränderungen seiner Heimatstadt schreibt er den Roman *Entre amigos.* Für seine Anthologie *O fim de tudo* (Das Ende aller Dinge) wird er mit dem *Jabuti*-Preis der brasilianischen Buchkammer ausgezeichnet. Antônio Candido, einer der wichtigsten Literaturkritiker Brasiliens, lobt seine Dialoge und die kristallene Sprache seiner Texte.

Sein jüngerer Roman *Graça* erzählt eine Liebesgeschichte, die wie die meisten nicht gut ausgeht. Auch der letzte Kurzroman *Te amo sobre todas as coisas* (Ich liebe dich über alles) handelt von einer gescheiterten Liebe. Vilela schreibt den letzten Dialog eines Paares vor der endgültigen Trennung nieder. Hier kann das Paar sich noch unterhalten, wogegen in den Erzählungen *Erdbeben* und *Eine Freundin* an eine Kommunikation mit Worten nicht zu denken war.

1994 nahm Luiz Vilela an einer Lesereihe brasilianischer Autoren im Haus der Kulturen der Welt in Berlin teil. Dort entstand die Idee zu dem vorliegenden Band. Die Erzählungen wurden aus verschiedenen Anthologien ausgewählt und geben einen Querschnitt aus den Jahren 1967 bis 1994 wider. Dabei sollten möglichst viele Facetten und Themen seines Schreibens vorgeführt werden, unter anderem auch die in Brasilien prämierten Erzählungen *Erdbeben* oder *Das Ende aller Dinge,* sogenannte Meilensteine seiner schriftstellerischen Karriere. Außerdem waren bei der Auswahl die Texte relevant, in denen sich die Stärke seiner Dialoge, seine filmisch-fesselnde Erzählweise und die hintergründig-trockenen Protokolle existentieller Dramen aus nur einem einzigen Satz zeigen ließen. Die Anordnung der Texte nach thematischen Aspekten und nicht nach chronologischen Gesichtspunkten soll dem Leser die Variationen und Überschneidungen der zentralen Themen und ihrer sprachlichen Gestaltung bieten.

Für Anregungen und Hilfeleistungen sei an dieser Stelle Hildegard Hermanns, Maria Monteiro, Angelika Schwabe, Berthold Zilly und dem Museum für Naturkunde in Berlin herzlich gedankt.

Ute Hermanns

Glossar

Bentevi (Pitangus sulphuratus): gehört zur Familien der Tyrannen, Tyraniden (Sperrlingsvögel), die in Brasilien sehr verbreitet ist. Es sind keine Singvögel. Die Farbe des Bentevi ist dunkeloliv, Flügel und Schwanz sind an den Enden rot, der Kopf ist schwarz mit einem gelben Fleck, der Hals ist weiß, Brust und Bauch sind gelb gefiedert.

Cafezinho: brasilianischer Espresso, der meist in einer Stehbar als kleine Geste der Freundschaft getrunken wird. Wie der Espresso wird der Cafezinho auch nach den Mahlzeiten getrunken.

Chiquita bacana: Kinderlied mit folgendem Wortlaut:
Chiquita bacana lá da Martinica / se veste com uma casca de banana nanica / não usa vestido / não usa calção / inverno para ela é pleno verão ... (die wunderbare Chiquita aus Martinique / trägt die Schale der *Nanica*-Banane / sie braucht kein Kleid und keine Hose / der Winter ist Hochsommer für sie ...)

Impala: Modell der Marke Chevrolet

Jangada: Fischerfloß aus Baumstämmen mit Segeln, wird von den Fischern im Nordosten Brasiliens verwendet.

Jogo do bicho: eine Art Lotto – es wird nach Endnummern gespielt mit den Hunderten und Tausendern ab 0000 bis 9999; jede Gruppe besteht aus vier Einheiten und entspricht dem Namen eines Tieres. Es ist von der Regierung strengstens verboten, wird aber trotz der Verbote überall gespielt. Stefan Zweig schreibt dazu:
„Dieses *Bicho*, dieses Tierspiel, hat eine sonderbare Entstehungsgeschichte, die an sich schon deutlich zeigt, wie sehr diese Leidenschaft für das Hasard dem träumerischen und naiven Charakter

dieses Volkes zutiefst entspricht. Der Direktor des Zoologischen Gartens in Rio de Janeiro hatte über schlechten Besuch zu klagen. So kam er, seine Landsleute genau kennend, auf die gloriose Idee, daß jeden Tag ein bestimmtes Tier seines zoologischen Gartens, einmal der Bär, einmal der Esel, einmal der Papagei, einmal der Elefant ausgelost wurde. Wessen Besucherkarte diesem Tier entsprach, dem wurde dann der zwanzig- oder fünfundzwanzigfache Eintrittspreis ausbezahlt. Sofort stellte sich der erwünschte Erfolg ein: der Tiergarten wurde durch Wochen von Menschen überfüllt, die eigentlich weniger kamen, um die Tiere sich anzusehen, als die Prämie zu gewinnen. Schließlich wurde es ihnen zu weit und zu mühsam, immer wieder in den Tiergarten zu gehen. So spielten sie privatim untereinander, welches Tier an diesem Tage ausgelost werden würde. Kleine Winkelbanken taten sich hinter Schanktischen und an den Straßenecken auf, welche den Einsatz aufnahmen und die Gewinne ausbezahlten. Als dann die Polizei das Spiel verbot, wurde es auf geheimnisvolle Weise dem jeweiligen Lottoresultat angegliedert, in dem jede Ziffer für einen Brasilianer ein bestimmtes Tier darstellte. Um der Polizei jeden Beweis zu entziehen, wird auf Treu und Glauben gespielt. Der Winkelbankier stellt keine Bescheinigung für seine Klienten aus, aber es ist kein einziger Fall bekannt, wo er seine Verpflichtung nicht verläßlich eingehalten hätte. Dieses Spiel hat, vielleicht gerade um des Verbotenen willen, alle Kreise erfaßt; jedes Kind in Rio weiß schon, kaum es in der Schule zählen gelernt hat, welche Zahl jedes Tier darstellt, und kann die ganze Liste besser heruntersagen als das Alphabet. Alle Autoritäten, alle Strafen haben sich als illusorisch erwiesen, denn wozu träumt der Mensch des Nachts, wenn er dann nicht morgens seinen Traum in Ziffer und Zahl, in Tier- und Lottospiel umsetzen dürfte?"
(in: Stefan Zweig, *Brasilien, ein Land der Zukunft*, Frankfurt am Main: Insel Verlag, 1981)

Macumba: afrobrasilianischer Kult

Pelmex: mexikanische Filmproduktionsgesellschaft

Pororoca: Bore, d.h. eine Gezeitenwelle mit fast senkrechtem vorderem Fluthang, die besonders bei Springflut im Unterlauf einzelner Flüsse auftritt. Die circa fünf Meter hohe *Pororoca* des Amazonas ist ein Beispiel dafür. Die Amazonasindianer bezeichnen mit *Pororoca* auch das donnerartige Geräusch beim Aufeinandertreffen der Wasser des Amazonasflusses und der Flutwelle des Meeres.

Prälat-Tangare (Thraupis sayaca): Singvogelart der Tangaren. Die Prälat-Tangare hat einen blauen Rücken und blauweißliches Gefieder. Sie ernährt sich von Früchten und Insekten.

Sete e meio: Glücksspiel mit Karten und Einsätzen in Form von Jetons oder Bohnen oder dergleichen. Es geht darum, auf der Hand siebeneinhalb Punkte zusammenzubekommen und diese als erster ablegen zu können. In Deutschland gibt es das Spiel *Black Jack*, bei dem man allerdings 21 Spielpunkte zusammenbekommen muß und welches auch in Casinos als offizielles Glücksspiel angeboten wird.

Sobre as Ondas: Walzer von J. Rosa

Sonrisal: Brausetablette gegen Völlegefühl, mit ähnlicher Wirkung wie Alka Seltzer

Xantinon-B12: Abführmittel

Veröffentlichungen

Erzählungen

Tremor de Terra. Erzählungen. Belo Horizonte, Selbstverlag, 1967. Prêmio Nacional de Ficção. São Paulo: Atica, 7. Auflage, 1980.

No bar. Erzählungen. Rio de Janeiro: Bloch, 1968, und São Paulo: Atica, 2. Auflage, 1988.

Tarde da Noite. Erzählungen. São Paulo: Vertente, 1970, und São Paulo: Atica, 4. Auflage, 1988.

O fim de tudo. Erzählungen. Prêmio Jabuti. Belo Horizonte: Liberdade, 1973 (vergriffen).

Contos escolhidos. Erzählungen. Rio de Janeiro: Francisco Alves, 1978, und Porto Alegre: Mercado Aberto, 2. Auflage, 1985.

Lindas Pernas. Erzählungen. São Paulo: Cultura, 1979.

Uma seleção de contos. Erzählungen. São Paulo: Companhia Editora Nacional, 1986.

Contos. Erzählungen. Belo Horizonte: Lê, 1986.

Os melhores Contos de Luiz Vilela. Erzählungen. São Paulo: Global, 1988.

O violino e outros contos. Erzählungen. São Paulo: Atica, 1989, und 3. Auflage, 1993.

Romane

Os novos. Roman. Rio de Janeiro: Gernasa 1971, und Rio de Janeiro: Nova Fronteira, 2. Auflage 1984 (vergriffen).

O inferno é aqui mesmo. Roman. São Paulo: Atica, 1979, und 2. Auflage, 1983, und São Paulo: Círculo do Livro, 3. Auflage, 1988.

O choro no travesseiro. Kurzroman. São Paulo: Livraria Cultura, 1979, und São Paulo: Atual, 3. Auflage, 1994.

Entre amigos. Roman. São Paulo: Atica, 1983.

Graça. Roman. São Paulo: Estação Liberdade, 1989.

Te amo sobre todas as coisas. Kurzroman. Rio de Janeiro: Rocco, 1994.

In deutscher Sprache sind bisher erschienen:

Ein ganzes Leben lang (Por toda a vida). Erzählung. In: Carl Heupel Hg.: Moderne brasilianische Erzähler, Freiburg im Breisgau: Walter Verlag, 1968.
Übersetzt von Carl Heupel.

Keine Indianer mehr, Vater? (Não, não haverá mais índios). Erzählung. In: Lettre International, Berlin, Heft 11/4, 1990, und in: Klima Global – Arte Amazonas, Ausstellungskatalog, Staatliche Kunsthalle Berlin, 1993.
Übersetzt von Ute Hermanns.

Die Beichte (Confissão). Erzählung. In: Ute Hermanns und Kurt Scharf Hg.: Nachdenken über eine Reise ohne Ende – Brasilien literarisch, Berlin: Babel Verlag, 1994.
Übersetzt von Ute Hermanns.

Quellenverzeichnis

© Luiz Vilela 1988
Os melhores contos de Luiz Vilela, São Paulo: Global

Gott weiß, was er tut (Deus sabe o que faz)
Erdbeben (Tremor de terra)
Eine Freundin (Uma namorada)
Mut (Ousadia)
Spät in der Nacht (Tarde da noite)
Das Ende aller Dinge (O fim de tudo)
Mit dem Ball abhauen (Escapando com a bola)
Frosch im Hals (Nó na garganta)
Schöne Beine (Lindas Pernas)

© Luiz Vilela 1978 & 1985
Contos escolhidos, Porto Alegre: Mercado Aberto

Regen (Chuva)
Die Totenwache (Velório)
Morgen komme ich wieder (Amanhã eu volto)
Glück (Felicidade)
Die Rasur (Fazendo a barba)
Die Feijoada (A feijoada)

© Luiz Vilela 1986
Uma Seleção de Contos, São Paulo: Companhia Editora Nacional

Die Geige (O violino)
Keine Indianer mehr, Vater? (Não haverá mais índios)

In unserem Verlag ist bereits eine Anthologie mit brasilianischer Gegenwartsliteratur erschienen:

Ute Hermanns, Kurt Scharf (Hg.)

Nachdenken über eine Reise ohne Ende.

Brasilien literarisch.

1. Auflage 1994, DM 24,80
ISBN 3-928551-15-9